CW00977649

Kiestränen

TRAGÖDIEN DER NACHT

NINA-MARIE HOLZ

1. Auflage

© 2021 Nina-Marie Holz
c/o autorenglück.de
Franz-Mehring-Str. 15
01237 Dresden
Instagram: Zeilenauskupfer
www.ninamarieholz.com
info@ninamarieholz.com

Coverdesign: Nina Hirschlehner; nh-buchdesign.com
Klappentext: Anika Ackermann; anikaackermann.com
Lektorat: Nina Hirschlehner; nh-buchdesign.com
Korrektorat: Cao Krawallo; caokrawallo.de
Buchsatz: Nina Hirschlehner; nh-buchdesign.com
Illustrationen: Nina-Marie Holz; ninamarieholz.com

Herstellung und Verlag: BoD – Books on Demand, Norderstedt
ISBN: 9783754327524

Bibliografische Information der Deutschen Nationalbibliothek:
Die Deutsche Nationalbibliothek verzeichnet diese Publikation in der Deutschen Nationalbibliografie; detaillierte bibliografische Daten sind im Internet über hhtp://dnb.d-nb.de abrufbar.

Das Werk einschließlich aller seiner Teile ist urheberrechtlich geschützt. Die Verwertung außerhalb der Grenzen des Urheberrechtsgesetzes ist unzulässig. Das gilt auch für die Nutzung und Vervielfältigung in elektronischen Systemen.

Über die Autorin:

Nina-Marie Holz wurde 1998 in der Hansestadt Bremen geboren und verliebte sich schon früh in Bücher. Seitdem sie in der Lage ist einen Stift zu halten, bringt sie all ihre Gedanken zu Papier. Kieztränen ist ihr Debüt.

Triggerwarnung

Die Triggerwarnung findest
du auf der letzten Seite.

Falls du diese benötigst,
schaue dort bitte nach.

Für Domenik.

Durch dich bekamen meine Worte Flügel.

Prolog

»Herzlichen Glückwunsch, liebe Lu«, beglückwünschte mich David. Er strich mir sanft eine meiner hellen Strähnen aus dem Gesicht und gab mir einen Kuss auf die Stirn. »Du hast es geschafft, ab jetzt geht alles bergauf.«

Ich hoffte, David würde damit recht behalten. Er und ich hatten keinen leichten Start, aber wir kämpften immer für unsere Liebe. Es klang kitschig, so war das manchmal.

Er sah mich mit einem so liebevollen Blick an, dass mein Herz zu flüssigem Gold schmolz. Mir wurde warm und ich fühlte mich in seiner Nähe unheimlich wohl. Wenn ich bei ihm war, kam es mir immer so vor, als könnte mir nichts geschehen. Als ob er mich vor allem Schlechten beschützen könnte.

Knapp zweitausend Menschen waren zur

Lesung in die berliner Buchhandlung Dussmann gekommen. Für meinen Geschmack schon fast zu viele. Ich bevorzugte weniger Personen und bei all diesen Leuten überkam mich ein ungutes Gefühl. Von klein auf war ich eher eine introvertierte Frau und begnügte mich mit meinem winzigen Freundeskreis. Selbst das Einkaufen war mir manchmal schon zu viel.

Vor mir standen vier Stühle auf der Bühne und einige Mikrofone waren aufgebaut. Die Scheinwerfer leuchteten grell und erhellten den ganzen Raum. Hinter mir gab es Sitzmöglichkeiten für etwa dreihundert Menschen, der Rest war gezwungen, zu stehen. Aber es störte hier niemanden. Einige Leser hielten Exemplare meines Werkes in der Hand und unterhielten sich angeregt. Ich war so nervös und beobachtete die Menge. Einige schauten mich an und begannen zu tuscheln.

Meine Knie zitterten und Schweiß bildete sich auf meiner Stirn, alles wirkte so surreal.

Es war die erste Lesung, mein einziges veröffentlichtes Werk, der bis jetzt größte Moment, nur für mich allein. Monatelang, nein, jahrelang, wartete ich darauf. Seitdem ich in der Lage war zu schreiben, ließ es mich nicht mehr los. Mal mehr, mal weniger, aber die Literatur blieb meine Leidenschaft.

Mein liebster Autor, Benjamin Hoppmann, betrat die Bühne, um eine Laudatio für mich zu halten. Seine Bücher waren ein Grund, weshalb ich überhaupt mit dem Lesen begonnen hatte. Seine Texte motivierten mich, in schlechten Zeiten weiterzumachen, und seine tiefsinnigen Geschichten zogen mich immer wieder in ihren Bann.

Ich wurde auf die Bühne gerufen und kam dem nach. Benjamin schüttelte mir die Hand und wünschte mir Glück. Ich fühlte mich geehrt, aber gleichzeitig unwohl. Eine leichte Gänsehaut überzog meine Arme. Mein Herzschlag wurde schneller und ich geriet ins Stolpern. Ich tapste einige Schritte in Richtung

Bühnenrand und beherrschte meinen Körper nicht mehr.

Ich fiel.

Nicht nur von der Bühne, der Fall ließ sich nicht aufhalten und es fühlte sich an, als hätte mir jemand den Boden unter den Füßen weggerissen. Ich knallte mit voller Wucht auf den harten Holzboden und schlug mir den Kopf auf. So fühlte es sich zumindest an. Ein betörender Schmerz durchzog mein Gesicht und meine Schläfen begannen zu pochen.

Mir wurde schlecht und mein Kreislauf kollabierte. Eine Masse an Menschen versammelte sich um mich herum und begutachtete mich.

Ich erbrach.

Montag

20. SEPTEMBER 2021

7:20 Uhr: Das Bellen des Nachbarhundes riss mich aus meinem Traum in die bittere Realität.

Der Wecker hatte wieder versagt. In nicht mal vierzig Minuten musste ich in der Redaktion stehen – bestenfalls motiviert, nicht verkatert mit den Make-up-Resten von letzter Nacht. Es war gestern Abend mal wieder später geworden als erwartet. Ein Bier weniger hätte mir vermutlich nicht geschadet, aber ich liebe das Beisammensein mit David und meinen Freunden. An solchen Abenden fühlte sich alles unbeschwert an.

Ich sah rüber zur linken Bettseite, doch sie war leer. David hatte erst gegen elf Uhr den Termin mit dem Getränkelieferanten. Er war eher der Mensch des Verschlafens, früh oder rechtzeitiges Aufstehen lag ihm nicht.

Wir waren seit zwei Jahren zusammen. Genau genommen waren wir am 26. September 2019 ein Paar geworden. Mir waren Jahrestage wichtig, ihm leider nicht. Ich hatte ihn an Mayas zweiundzwanzigsten Geburtstag kennengelernt. Meine beste Freundin überredete mich zu einer Kneipentour auf der Großen Freiheit und ich war wenig begeistert von dieser Idee, aber in einem kleinen versifften Club – okay, ich würde es nicht Club, sondern eher Kneipe nennen – traf ich an der Bar auf David. Er fiel mir sofort in den Blick. Seine haselnussbraunen Augen zogen mich direkt in ihren Bann. Ich fand ihn schnell sympathisch und gab ihm meine Nummer. Ein wenig naiv von mir, aber zum Glück meldete er sich am nächsten Tag und lud mich zum Frühstück zu sich ein. Wir redeten einige Stunden und fanden heraus, dass wir vieles gemeinsam hatten. Er war ein zurückhaltender Mann und hatte seit Jahren Komplexe wegen seiner Akne. Mir gefiel er sofort, und je mehr ich ihn kennenlernte, umso mehr verliebte ich mich in ihn.

Aus einem Frühstück wurde ein Abendessen und so verbrachte ich die ersten Tage nur in seiner Wohnung. Themen wie Literatur und Musik bestimmten unser beider Leben und wir quatschten stundenlang.

Ich entschloss relativ schnell, zu ihm und seinem Hund Farin zu ziehen, und bereute diese Entscheidung bis heute nicht. Es war richtig, meinem Herzen zu folgen. Das Einzige, was ab und an für Ärger sorgte, war sein Job. Ihm gehört dieser siffige Club namens Hanseatenkeller. Der Laden war sein Ein und Alles, aber er war nicht nur der Inhaber, an den meisten Abenden legte er auch als DJ auf. Das klang gut. Gratis Eintritt und stundenlanges Tanzen hatten ihre Vorzüge. Nach einigen Stunden kannte man aber die komplette Playlist auswendig, es war unmöglich, bei 100dB Kontakte zu knüpfen, und man durfte sich anschauen, wie der eigene Freund von anderen Frauen angeschmachtet wurde. Mal davon abgesehen, dass ich nach einem Acht-Stunden-Arbeitstag lieber gemeinsame Zeit mit David hätte. Zusammen auf dem Sofa liegen und Serien schauen - kam aber nie vor.

In den letzten Monaten hatte er sich verändert. Er wurde stiller und in sich gekehrt, redete kaum mit mir und kam immer seltener nach Hause. Seine Freiheiten waren ihm sehr wichtig, aber mir erging es immer schlechter. Seit Tagen fehlte mir der Schlaf und ich hatte Angst um unsere Beziehung. Die Chance, mit ihm zu reden, hatte sich bis jetzt nicht ergeben.

Verdammt, schon kurz vor acht Uhr.

Ich rannte schnell ins Bad, putzte mir die Zähne, wusch mir den Dreck aus dem Gesicht und band die Haare zu einem Zopf zusammen.

Unser Husky Farin kläffte mich an und ich stellte ihm eine Schüssel mit Wasser hin. Zum Spazieren war leider keine Zeit mehr, aber ich rief meine Freundin Maya an, damit sie ihn heute Vormittag schnell rausließ.

Ich stürmte aus unserer Wohnung raus auf die Reeperbahn und hastete eilig zur S-Bahn.

Die Straßen im Kiez waren verlassen um diese Uhrzeit, aber das war angenehm. Es roch nach Bier und die letzten Tresenkräfte läuteten ihren Feierabend ein. Ich war fasziniert von Hamburg mit all seinen Facetten. Der Kiez war sowohl kulturell als auch optisch meine liebste Ecke. In einigen Stunden würde hier schon wieder Hochbetrieb herrschen und ich bei uns im Laden stehen. Ich war ja jetzt schon müde, wie sollte ich den Tag bloß überstehen?

Ich erreichte die S-Bahnstation und der Geruch von Erbrochenem ließ mich kurzzeitig schaudern.

Die Bahn ließ nicht lange auf sich warten und zu meiner Freude konnte ich einen der begehrten Sitzplätze ergattern.

Ich dachte an David und legte mir schon Sätze für das hoffentlich bald anstehende Gespräch parat. Seine zurückweisende Haltung besorgte mich und ich fragte mich, wie das alles noch weitergehen sollte. Die Beziehung zu ihm lag mir am Herzen, aber so langsam zerbrachen mich die ganzen Zweifel.

Von der Hafenstraße St. Paulis nahm ich die S2 Richtung Berliner Tor. An der Ericusspitze musste ich aussteigen und etwa hundert Meter bis zur Redaktion laufen.

Vor einem Monat hatte ich nach vielen Bewerbungen die Stelle zur Volontärin bekommen. Ich hätte am liebsten nach dem Abitur Medizin studiert, aber mein Notendurchschnitt reichte nicht, und so beschloss ich, Germanistik zu studieren. Das Schreiben lag mir schon immer und war meine größte Leidenschaft. Das Fotografieren liebte ich auch, und durch die Stelle bei der Zeitung hatte ich die Möglichkeit, beides zu verbinden.

Das Hamburger Abendblatt war nicht der SPIEGEL, aber aller Anfang war ja bekanntlich schwer. Mein Ziel war es, irgendwann mal bei einem großen Boulevardmagazin zu schreiben.

Ich liebte das Verlagsgebäude und den damit verbundenen Blick auf die Speicherstadt.

Oh, schon kurz nach acht Uhr. Ich beeilte mich und raste durch die Tür. Der Portier, der in seinem Frack so herrlich lächerlich aussah, betrachtete mich mal wieder mit einer ekelhaften Skepsis. Ihm war bewusst, aus welcher Gegend ich kam, und sein Blick strotzte nur so vor Vorurteilen, aber das war mir egal.

Die Redaktion lag im dritten Stockwerk und war zum Glück mit einem Fahrstuhl zu erreichen. Im Büro erwartete mich schon der neue Chefredakteur, Herr Jahnke, gescheiterter Redakteur der Frankfurter Tageszeitung. Er war groß, hatte grau melierte Haare und einen leichten Bartansatz. Er hielt mir ständig vor, wie viel Erfahrung er hätte, und das mochte auch so sein, jedoch musste ich das nicht zehn Mal am Tag hören. Ich mochte ihn trotzdem, er war zwar ein wenig ulkig, aber immer nett zu mir und gab einige hilfreiche Tipps.

Ich fragte ihn, welche Termine heute geplant waren, und er erzählte mir von einem Interview in der Hafencity. Ich betete, dass ich nicht fahren musste, denn letztes Mal war das nicht so glimpflich ausgegangen. Beim Ausparken aus der Tiefgarage hatte ich die halbe B-Säule kaputtgefahren. Das war mir zwar unangenehm, aber zum Glück war der Verlag gut versichert.

Wir begaben uns auf den Weg zum Wagen und ich nahm auf dem Beifahrersitz des Redaktionsautos Platz. Ein weißer Toyota Corolla, mein Traum, aber im Kiez benötigte ich kein Auto. Der Corolla roch so schön nach Neuwagen und ich genoss es immer, wenn ich mal nicht fahren musste. Ich kostete den Ausblick von der Magdeburger Brücke auf die Alster aus und träumte vom Feierabend.

Meine Gedanken hingen immer noch an David. Ich fragte mich die ganze Zeit, wo er schon wieder steckte und ob es ihm gut ging.

Kaum waren wir losgefahren, waren wir da. Das Interview war in einem alten Kontor und ich war nervös. Das Gebäude gefiel mir gut, eines Tages wollte ich hier leben. In einem Loft in einem Speicher.

Herr Jahnke erzählte mir nur, dass es sich um einen jungen Autor handelte, mehr aber nicht. Er hatte sein Debüt veröffentlicht – ein Thriller, und dieser war verdammt erfolgreich.

Wir stiegen aus dem Auto und betraten das Kontor. Wir wurden erwartet und einige Fotografen und andere Pressevertreter saßen um einen runden Tisch. Am rechten Ende saß ein dunkelhaariger Mann mit Bart und Mütze. Er trug einen dunklen Pullover und weiße Turnschuhe. Er wirkte verunsichert und spielte mit seinen Fingern.

Mein Chef stellte uns einander vor, er war der Autor, für den wir gekommen waren, und sein Name lautete Nico Sturm.

Ich fand ihn interessant, sein Auftreten hatte

etwas Mysteriöses an sich.

Ich nahm ihm gegenüber Platz und holte die Kamera heraus. Solange ich im Volontariat war, war es meine Aufgabe, mich um die Pressebilder zu kümmern, und das störte mich eher selten. Heute hätte ich mir gewünscht, dem Autor ein paar Fragen zu stellen zu können. Ich war auf den Klang seiner Stimme gespannt und zum Glück legten wir recht schnell mit dem Interview los.

»Herr Sturm, erzählen Sie mir doch bitte, wie Ihnen die Idee zu Ihrem Thriller kam«, sagte mein Chef.

»Sehr gern. Als ich letztes Jahr nach Italien in den Urlaub fuhr, überholte mich ziemlich riskant ein schwarzer Mercedes CLS. Es wäre fast zu einem Unfall gekommen, aber glücklicherweise konnte ich rechtzeitig ausweichen. Dennoch ließ mich dieser Augenblick nicht mehr los. So kam mir die Idee zu Geisterfahrer.« Nicos Stimme klang rauchig, und obwohl seine Wortwahl selbstbewusst war, so wirkte sie dennoch verunsichert und schüchtern.

»Wann soll Geisterfahrer denn erscheinen? Ihr Debüt hat in allen Listen bis jetzt wirklich gut abgeschnitten. Ich bin schon sehr gespannt auf Ihr zweites Werk.«

»Der Veröffentlichungstermin ist für Dezember angesetzt.«

»Da einige unserer Leserinnen uns häufig gefragt haben, wie es in Ihrem Privatleben ausschaut, haben wir auch dazu einige Fragen. Wie sieht es denn mit einer Partnerin oder einem Partner aus? Haben Sie Kinder?«

»Diese Fragen habe ich bisher nie beantwortet und das habe ich auch in Zukunft nicht vor. Mein Privatleben ist mir heilig, aus diesen Gründen möchte ich keinerlei Informationen teilen. Ich bitte Sie, dies zu respektieren«, sagte Nico und sah dabei auf den Boden.

Er gefiel mir. Nicht auf die Art, wie David mir gefiel, aber er hatte etwas an sich, das mich nicht losließ.

Das ganze Interview über hing ich förmlich an seinen Lippen und nahm jedes Wort in mich auf. Er wirkte so charmant, aber so undurchschaubar. Zum Ende hin shootete ich die Pressefotos von ihm und es kam mir vor, als könnte ich durch den Sucher der Kamera direkt in sein Herz schauen. Wir tauschten einige innige Blicke aus und ich konnte ihm ein Lächeln entlocken.

Ich beobachtete ihn eine Weile, ehe wir gehen mussten. Beim Hinausgehen drückte er allen Gästen sein Buch in die Hand. Ich nahm es dankend an, bezweifelte aber, dass ich es jemals lesen würde. Ich bevorzugte eher Liebesromane mit einem Happy End.

Eine Stunde war vergangen, und da ich sonst nur von zu Hause aus arbeitete, hatte ich Feierabend.

Ich begab mich direkt auf den Weg nach Hause, wollte aber bei dem schönen Wetter lieber zu Fuß gehen. Die Sonne strahlte und die Stadt wurde immer voller. Einige Menschen machten sich auf in die Innenstadt und so kam mir die Idee, bevor ich mich an die Bildbearbeitung setzen würde, schnell die Einkäufe zu erledigen.

Der Drogeriemarkt lag in einer kleinen Gasse nahe dem Jungfernstieg. Er war erst vor einigen Monaten eröffnet worden und ich ging gern dort hin. Die Gegend strahlte pure Lebensfreude aus.

Mein Ziel lag schon in Sicht, als ich eine Gruppe junger Männer erreichte. Alle waren dunkel gekleidet und unterhielten sich angeregt. Sie waren einige Jahre älter als ich, bekannt kamen sie mir nicht vor. Einer von ihnen ähnelte David ein wenig. Zumindest hatte er eine ähnliche Statur und dunkle Haare, aber das hatten ja viele.

Ich dachte wieder an ihn und fragte mich, wo er war. Vermutlich würde er heute Abend nach Hause kommen. Er war oft mehrere Tage weg, ohne sich abzumelden. Er sagte, er wäre geschäftlich unterwegs, und das glaubte ich ihm meistens. Aber in der letzten Zeit wurde das immer häufiger. Er versteckte sein Handy vor mir und telefonierte vor der Tür. Sein Verhalten verunsicherte mich.

Schnell hatte ich meine Besorgungen erledigt. Einen neuen Lippenstift und Duschgel kaufte ich. David hasste es, wenn ich mich zurechtmachte, er meinte, ich sehe ungeschminkt attraktiver aus.

Als ich in Richtung S-Bahn wollte, begann es zu regnen. Ein wenig unerwartet, zum Glück hatte ich die gelbe Regenjacke mit. Meine Oma nannte sie immer liebevoll Friesennerz und hatte sie mir aus dem Urlaub in Emden mitgebracht.

In den letzten Jahren waren wir häufig dort gewesen, das Meer brachte mir Entspannung. Der Hafen in Hamburg genügte auch, aber Erholungsurlaub war nochmal etwas anderes.

Schnell kam ich an der Reeperbahn an, diese war wie erwartet leer. Um diese Uhrzeit war es ruhig und schön, in einigen Stunden würde die Welt hier ganz anders aussehen.

Unsere Wohnung lag über dem Hanseatenkeller. Zwei Zimmer, Küche, Bad, aber das reichte. Der Plan war, in ein paar Jahren ein Haus am Stadtrand zu kaufen und vom Kiez wegzuziehen. Ich wollte nach dem Volontariat unbedingt Kinder. David ebenfalls.

Ich legte meine Kameratasche auf die Schuhbank im Flur und zog meine Jacke aus.

Farin, unser Husky, hechelte mich schon erfreut an. Ich begrüßte ihn ausgiebig und gab ihm schon mal sein Essen.

David kam mir wieder in den Sinn und ich fasste den Entschluss, ihn anzurufen.

Mailbox.

Etwas anderes hatte ich nicht erwartet.

Ich schnappte mir einen alten Kapuzenpullover und ging mit Farin raus.

Im Hanseatenkeller begannen die Vorbereitungen für heute Abend und ich entdeckte Magnus von weitem. Er war groß, breitgebaut und einige Tattoos zierten seine Arme, seine braunen Augen und seine blondierten Haare machten ihn zu einem Blickfang. Seit zwei Jahren war er unser Türsteher und ein guter Freund von uns. In letzter Zeit kriselte es jedoch häufiger zwischen David und ihm und die Stimmung war angespannt.

»Moin, Magnus!«

»Hi, Luna, sag mal, weißt du, wo David steckt? In zwei Stunden öffnen wir und ich hab keinen DJ, das kann doch nicht angehen.«

»Nein, ich weiß es leider nicht. Hab ihn eben versucht anzurufen, aber es ging nur die Mailbox ran. Er war schon weg, bevor ich aufgestanden bin.«

»Den Termin mit dem Getränkelieferanten hat er auch nicht wahrgenommen, ich könnte ausrasten!«, fluchte Magnus. Er war eigentlich eine ruhige Person, aber sein Verhalten konnte ich inzwischen nachvollziehen. Nicht nur Davids Heimlichkeiten verletzten mich, sondern auch, dass er mich nicht einweihte.

»Hattet ihr denn Streit oder weißt du, was der Auslöser gewesen sein könnte?«

»Wenn ich was wüsste, dann hätt ich's dir ja gesagt. Das Einzige, was mir vermehrt aufgefallen ist, ist, dass er die Gehälter nicht gezahlt hat.«

»Deins auch nicht?«, fragte ich.

»Meins ja, aber das ist das Einzige. Bei allen anderen fehlen die letzten zwei Abrechnungen. Du weißt selbst, wie schnell man 'nen neuen Job auf'm Kiez bekommt.«

Er hatte recht. Besonders Thekenkräfte und Türsteher wurden händeringend gesucht. Von Geldproblemen oder Ähnlichem wusste ich nichts. Allerdings hatte ich ihm schon mehrfach geraten, sich einen Steuerberater zu suchen.

»Ich kümmere mich darum«, versuchte ich Magnus zu beruhigen. »Ich versuch's zumindest.«

»Sieh einfach zu, dass du um zweiundzwanzig Uhr pünktlich bist.«

Drei verpasste Anrufe.

Nicht von David, sondern von einer mir unbekannten Nummer. Sie war unterdrückt, ich hatte keinerlei Chance, zurückzurufen.

Ich entschied mich dazu, mich noch vor der Arbeit ein wenig hinzulegen und zum Glück schlief ich auch schnell ein. Nach meinem kleinen Nickerchen machte ich mir eine Pizza aus dem Gefrierfach. Ich hatte keine Lust, noch einkaufen zu gehen.

In zwei Stunden sollte ich selbst im Hanseatenkeller sein und arbeiten. Schnell stellte ich Farins Napf raus, frischte mich auf und ging wieder raus auf den Kiez. Am helllichten Tag machte diese Gegend mir keinen Kummer, in der Nacht sah es ein wenig anders aus. Sobald die Touristen auf die Reeperbahn strömten, bekam ich Angst. Nicht vor den Menschen, sondern vor Situationen, die ich bis jetzt zum Glück nur aus dem Fernsehen kannte.

Farin mochte den Kiez, die vielen Gerüche und Eindrücke. Ich hingegen war froh, dass wir nach einer halben Stunde wieder unsere Wohnung erreichten. Im Dunklen war ich nicht gern allein auf dem Kiez. Ich bekam schnell Angst und fühlte mich unwohl, sobald mir andere Leute begegneten.

Jetzt hatte ich eine gute Stunde Zeit, um zu duschen und mich umzuziehen. Die Dusche tat mir gut und ich fühlte mich anschließend ein wenig wacher. Zwar nicht wach genug, um jetzt noch sieben Stunden zu arbeiten, aber schon besser als zuvor. Einige Dosen Energydrink würden mir helfen, doch der Kühlschrank war leer. Mal wieder hatte David nicht dran gedacht, einzukaufen, und die Zeit hatte ich heute nicht mehr dafür.

Erneut schaute ich auf mein Handy, doch keinerlei Reaktion von ihm. Weder eine Nachricht noch ein verpasster Anruf. Alle meine Anrufe schlugen fehl, sein Handy war aus. Denn mehr als ein »Hallo, hier ist die Mailbox von David. Bitte hinterlassen Sie eine Nachricht nach dem Piep« kam nicht.

So langsam schlug mir die Verzweiflung aufs Gemüt. Wo war David und warum hatte er nichts gesagt?

Die Zeit raste wie im Flug und ich schnappte mir schnell meine Tasche, verabschiedete mich von Farin und lief die Treppe hinunter. Der Geruch von Zigarettenqualm schoss mir in die Nase. Eine lange Schlange wartete vor dem Hanseatenkeller und einige Gäste diskutierten mal wieder mit den Türstehern. Ich begrüßte Magnus mit einer flüchtigen Umarmung und lief an der Masse vorbei. Meine Erwartung, dass David jetzt hinterm DJ-Pult stand, blieb erhalten. Aber wie es so schön hieß: Die Hoffnung stirbt zuletzt, aber sie stirbt. Ich hastete alle Räume ab, doch keine Spur von ihm.

Johann, der stellvertretende Geschäftsführer, erwartete mich. »Luna, wo zum Teufel ist David?«

»Ich habe keine Ahnung. Er war heute Morgen schon weg und ich konnte ihn den ganzen Tag auch nicht telefonisch erreichen.«

»Er hat den Termin mit dem Getränkelieferanten verpasst und einen DJ haben wir jetzt auch nicht!«

»Es tut mir leid, kann ich dir irgendwie helfen?«

»Das bezweifle ich. Du kannst dich an die Clubkasse setzen, für die Fotos haben wir heute eine richtige Fotografin engagiert!«

»Eine richtige Fotografin?«

»Ja, jemanden, der Ahnung davon hat. Deine dahingeschmissenen Fotos kann ich aktuell wirklich nicht gebrauchen. Setz dich lieber mal an die Clubkasse, da kannst du wenigstens keinen Unsinn anrichten.«

Wir waren schon einige Male aneinandergeraten. Er war der Meinung, dass ich als Fotografin nicht taugen würde, obwohl meine

Bilder immer gut bei den Gästen ankamen. Es war ein ewiges Streitthema.

»Sobald David wieder da ist, wird das ein Nachspiel für ihn haben!«, fauchte er mich an.

»Wenn David denn wiederkommt«, sagte ich. Innerlich hatte ich die Hoffnung für heute schon aufgegeben.

Johanns Worte verletzten mich. Die Fotografie war das Wichtigste für mich und ich wollte mich nicht so einfach von ihm runtermachen lassen. Ich war perplex und Wut stieg in mir auf. Ich versuchte, meine Tränen zu unterdrücken, um keine Schwäche ihm gegenüber zu zeigen.

Johann schaute mich mit einer hochgezogenen Augenbraue und einem schelmischen Grinsen an und drehte sich dann, um zu gehen.

Ich spürte die Wut und die Magensäure in mir aufsteigen und mir wurde übel. Die ersten Tränen rannen mir übers Gesicht und mir blieb die Luft zum Atmen weg. Die Situation setzte mir zu und ich merkte, wie ich das Bewusstsein verlor.

»Luna? Hallo? Luna! Wach verdammt nochmal auf!«

Mayas grüne Augen schauten mich mit einem besorgten Blick an, ich sah sie aber nur verschwommen.

»Maya? Was ist hier los? Wo bin ich?«

»Wir haben dich ins Getränkelager verfrachtet. Mitten im Eingang hätte man dich ja sonst über den Haufen gelaufen.«

»Und warum bin ich bewusstlos geworden?«

»Du hattest eine Panikattacke, nachdem du dich mit Johann in den Haaren hattest. Was ist hier überhaupt los und wo ist David?«

»David ...«

Ich merkte, wie mir schon wieder schwindelig wurde, doch ich musste mich zusammenreißen.

»David ist seit heute Morgen weg.«

»Mann, Luna, ich habe dir schon so oft

gesagt, was David für ein Idiot ist.«

»Ich weiß, aber für seine Gefühle kann man ja bekanntlich nichts.«

Maya lachte und half mir hoch.

Ich hatte sie in der Grundschule kennengelernt. Es war, wie man so schön sagte, Liebe auf den ersten Blick. Na gut, das wäre ein wenig übertrieben. Aber sie hatte mir am ersten Tag einen ihrer Buntstifte geliehen und ich sie sofort in mein Herz geschlossen. Wir hatten wahnsinnig viel Zeit miteinander verbracht. Nach der zehnten Klasse trennten sich unsere Wege durch meinen Schulwechsel auf ein anderes Gymnasium. Kurz vor meinem achtzehnten Geburtstag meldete sich Maya wieder bei mir und es fühlte sich alles wie früher an.

Seit ich mit David zusammen war, kam es hingegen immer wieder zu Streitigkeiten, was mir wehtat. Ich wollte mich aber für keinen von beiden entscheiden. Mir waren beide wichtig und ein Leben ohne einen von ihnen könnte ich mir nicht vorstellen.

Dienstag

21. SEPTEMBER 2021

Es war 00:31 Uhr und die Nacht war lange nicht zu Ende. Am liebsten wäre ich rauf in mein Bett gegangen, aber ich wollte die anderen nicht im Stich lassen. Jetzt, wo David nicht da war, wollte ich nicht, dass sein Club den Bach runter ging. Der Laden war gut besucht und die dröhnenden Bässe nagten an meinem Verstand. Ich sah verschwommen und ein wenig übel war mir auch. Der Gedanke daran, dass ich mich an die Kasse setzen sollte, machte es nicht besser.

Ich schnappte mir Maya und lief langsam in Richtung Eingang. An der Kasse erblickte ich Fiona, die meinen Job übernahm. Sie sah nicht begeistert aus und schenkte mir nicht mehr als ein müdes Lächeln. Wir hatten uns von Anfang an schon nicht gemocht. Sie war Davids letzte Freundin gewesen und das Gefühl, dass sie noch etwas für ihn übrig hatte, ließ mich nicht los. Wir hatten uns einige Male in den Haaren gehabt.

Ich nahm von Fiona den Schlüssel für die

Kasse entgegen und zog einen Stuhl für Maya hervor. Wenn ich schon den restlichen Abend hier sitzen sollte, dann wenigstens nicht allein. Der Ansturm an Gästen war zum Glück abgeflaut, so hatten wir hier zumindest unsere Ruhe.

»Wann schließt ihr heute eigentlich?«, fragte Maya.

»Dann, wenn keine Gäste mehr da sind.«

»Und wann wäre das?«

»Das kann ich dir nicht sagen. An den letzten Wochenenden mussten wir um sieben Uhr noch einige Gäste fast von der Tanzfläche kratzen.«

»Die Energie hätte ich auch gerne, mal so richtig schön die Nacht durchzutanzen.«

»Die müsstest du mit Mitte zwanzig ja auch eigentlich noch haben.«

Wir fingen beide an zu lachen, aber ich sah, wie sich Mayas Miene verfinsterte.

»Um noch mal auf David zurückzukommen ...«

»Mann, Maya, lass den Scheiß!«, fiel ich ihr ins Wort, ehe sie ihre Gedanken aussprechen konnte, die ich gerade keinesfalls hören wollte. »Ich hab absolut keine Lust mehr, über ihn zu reden.«

Ich wusste, dass Maya ihn mir bestimmt nur wieder schlecht reden wollte, deshalb musste ich so schnell wie möglich das Thema wechseln. Ich griff nach meinem Handy und schaute, ob es neue Nachrichten gab.

»Ich mein ja nur. Sein Verschwinden ist halt schon komisch.«

»Ja, dessen bin ich mir bewusst. Aber was genau möchtest du mir jetzt sagen?«

»Vielleicht hat er ja eine Andere und ist mit ihr durchgebrannt?«, sagte Maya und grinste dabei.

»Also jetzt spinnst du, Maya. Er würde mich nicht betrügen. Und selbst wenn, dann würde er ja wohl kaum einfach abhauen.«

Der Gedanke, dass David mich betrügen könnte, war mir bereits des Öfteren in den

Sinn gekommen. Vor einigen Monaten fand ich eine Handynummer in seiner Hosentasche, aber ich gab mir bis jetzt immer Mühe, ihm zu vertrauen. Dass Maya das Thema Fremdgehen von allein ansprach, verwunderte mich und tat mir weh.

Maya wurde still. Komisch wurde sie öfter mal. Sie war ein impulsiver Mensch und wenn es nicht nach ihrer Nase lief, rastete sie aus. Sie sah mich mit einem überheblichen Blick an und verschwand wortlos. Es war das Beste. Heute hatte ich keine Lust mehr auf weitere Diskussionen oder Fragen zu David.

Um mir die restliche Zeit zu vertreiben, schnappte ich mir den Laptop aus meiner Tasche. Ein wenig schreiben würde zur Ablenkung guttun. Einige Manuskripte waren in solchen Nächten schon entstanden, aber vermutlich würde sie nie jemand lesen.

Zweitausend Wörter hatte ich geschafft, als Magnus mich aus meinem Schreibfluss holte. »So, der letzte Gast ist gerade raus, aber das hättest du ja sehen müssen. Du rechnest wie immer mit David ab. Zähl deine Kasse und räum das Geld in den Tresor, dann kannst du nach Hause gehen.«

»Okay, hast du noch etwas von David gehört?«

»Nein, aber wenn er sich bis morgen Abend nicht meldet, solltest du mal zur Polizei gehen.«

Er hatte recht.

Ich zählte meine Kasse, zum Glück stimmte der Betrag mit dem auf dem Zettel überein. Schnell die Kasse weggebracht, meine Sachen geschnappt und mich von den restlichen Mitarbeitern verabschiedet. Ein komisches Gefühl. Mein erster Arbeitsabend komplett ohne David.

Die Reeperbahn war wie üblich gut besucht und der Geruch von Whiskey zog aus den Kneipen. Farins Bellen drang durch die feiernden Menschen hindurch, vermutlich hatte er mich gehört. Als ich die Tür zur Wohnung öffnete, sprang er mir schwanzwedelnd entgegen. Ich war froh, ihn zu sehen, und kraulte ihn ausgiebig.

Schnell schob ich meine Sachen beiseite und holte sein Futter aus dem Küchenschrank. Ein verknitterter Umschlag sprang mir direkt ins Auge. Er war leer und ich hatte ihn nie zuvor gesehen. Merkwürdig – hatte David ihn hier versteckt? Aber mir fehlte heute die Motivation, mir darüber Gedanken zu machen.

Nach einer kleinen Runde mit Farin über den Kiez war ich mehr als erschöpft, aber auch nach dem Duschen kam ich nicht zur Ruhe. Viele Gedanken kreisten in meinem Kopf und hinderten mich am Einschlafen.

Da fiel mir ein Buch auf meinem Nachttisch in den Blick. Stimmte ja, das hatte mir der Autor bei dem Interview in die Hand gedrückt.

Ich schlug die erste Seite auf und verschlang das Buch noch an diesem Morgen. Der

Schreibstil war großartig und es hatte etwas sehr Persönliches. Er hatte etwas geschafft, wovon ich schon seit Jahren träumte: ein eigenes Buch zu veröffentlichen.

Komisch kam mir allerdings die Tatsache vor, dass er sich überhaupt nicht zu seinem Privatleben äußern wollte. Hatte er etwas zu verstecken? Oder wollte er sein Privatleben einfach nur vor der Öffentlichkeit schützen?

Ich schlief ein und träumte mal wieder von einem Leben als Autorin.

Ich fühlte mich erschöpft, aber das nützte nichts. Die Arbeit rief.

Es fehlte immer noch jegliche Spur von David und meine Sorgen wurden nicht weniger.

Die Zeit auf der Arbeit verging langsam und mühsam, ich konnte mich nicht konzentrieren und war mit meinen Gedanken woanders. Wenn David sich bis heute Abend nicht meldet, kontaktiere ich die Polizei.

Auf dem Rückweg von der Arbeit telefonierte ich mit Maya. Sie wollte vorbeikommen, um mich ein wenig abzulenken, aber der Sinn stand mir nicht danach. Jegliche Versuche, Maya abzuwimmeln, scheiterten, und so warteten Farin und ich in unserer Wohnung auf sie.

»Hey, Luna, mach die Tür auf!«, tönte es schon aus dem Treppenhaus.

Ich ging langsam zur Tür und Maya kam mir entgegen. Nach einer kurzen Umarmung setzten wir uns auf das Sofa und tranken eine Tasse Tee.

»Immer noch nichts Neues?«

»Natürlich nicht.«

Meine Laune verschlechterte sich wieder und ich dachte an gestern Nacht. Zum Glück war Maya nicht nachtragend und auch nach einem Streit verstanden wir uns schnell wieder.

»Hast du mal versucht, seine Eltern zu kontaktieren?«

»Ich kenne seine Eltern nicht. Er redet auch nie über sie. Er hat wohl vor mehreren Jahren den Kontakt zu ihnen abgebrochen und ist seitdem schlecht auf das Thema zu sprechen.«

»Und Geschwister? Du hast doch mal von einer Schwester gesprochen?«

»Ja, stimmt. Lisa. Allerdings habe ich da weder eine Handynummer noch ist sie auf Instagram oder Facebook vertreten.«

»Wer hat denn bitte kein Instagram?«, fragte Maya spöttisch.

Ich zuckte die Schulter. »Frag mich was Leichteres.«

»Vielleicht sollten wir im Hanseatenkeller mal schauen, ob er nicht doch was zu verbergen hat?«

»Gute Idee, aber meinst du wirklich, er hat was zu verheimlichen? So schätze ich ihn eigentlich nicht ein.«

»Man kann nie genau wissen.«

Kurz rang ich mit mir selbst. Rechtfertigte sein Verschwinden, ihm hinterherzuschnüffeln? Das war normalerweise nicht meine Art, doch meine Sorge nahm langsam überhand.

»Okay, dann lass uns runtergehen.«

Wir schnappten uns den Schlüssel vom Schlüsselbrett und gingen runter in den Club. Zum Glück war noch niemand da, so konnten wir wenigstens in Ruhe nach Hinweisen auf Davids Verschwinden suchen. Wir begannen mit seinem Büro. Einige Papierstapel türmten sich auf dem Schreibtisch, aber wir hatten nicht mehr viel Zeit, bis Magnus seine Schicht beginnen würde.

Ich durchstöberte die ersten Stapel und Maya begann mit den Aktenschränken. Nur Rechnungen und Buchhaltungskram. Nichts davon deutete auf etwas hin, das zu seinem Verschwinden hätte führen können.

So langsam glaubte ich wirklich, dass er mich einfach nur für eine andere verlassen hatte und einer Auseinandersetzung mit mir aus dem Weg gehen wollte.

»Ich hab was gefunden!«, erschrak mich

Mayas Stimme.

»Und was?«

»Eine Handynummer.« Sie wedelte mit einem Stück Papier in der Luft herum.

»Wo hast du sie denn gefunden?«

»Sie lag unter einem Stapel mitten im Aktenschrank.«

»Meinst du, wir sollten dort mal anrufen?«

»Hey, was habt ihr hier zu suchen?«

Erschrocken fuhren wir beide herum. Auf einmal stand Johann in der Tür und prüfte uns mit seinem Blick.

»Ihr habt hier nichts zu suchen und das wisst ihr eigentlich auch. Also noch mal: was zum Teufel wollt ihr hier?«

»Wir suchen nach Hinweisen auf Davids Verschwinden«, sagte ich.

»Und ihr meint, ihr würdet diese hier finden?« Johann sah uns böse an.

»Man kann es ja nicht ausschließen.«

Sein Blick wurde sanfter und für einen Sekundenschlag konnte man so etwas wie

Sympathie in seinem Gesicht sehen. »Habt ihr denn was gefunden?«

»Eine Handynummer«, verkündete Maya. »Lag im Aktenschrank.«

»Na los, gib schon her!«, rief ich.

»Seid ihr bescheuert? Die gehört mir!« Johann riss Maya den Zettel aus der Hand. »Habt ihr dort schon angerufen?«

»Nein, so weit sind wir noch nicht gekommen.«

»Ihr habt manchmal mehr Glück als Verstand, aber sollte ich euch hier nochmal rumschnüffeln sehen, gibt das mehr als Ärger, dann könnt ihr froh sein, wenn ihr hier mit einer Verwarnung davonkommt.«

Johann machte mir mit seinem einschüchternden Tonfall Angst, aber das wollte ich mir natürlich nicht ansehen lassen. Ich verstand seine heftige Reaktion nicht. Es wirkte, als ob er etwas zu verbergen hatte.

Stark bleiben Luna, bleib stark.

»So langsam geht ihr beiden mir wirklich auf

die Nerven, verpisst euch endlich. Ich will keinen von euch hier wieder sehen, bis die Sache mit David geklärt ist. Arbeiten brauchst du so lange auch nicht, Luna. Du taugst ja sowieso nichts«, sagte Johann und sah auf mich herab.

Er schubste uns aus dem Büro und ließ uns von den Türstehern auf die Straße werfen.

»Ich glaub das nicht, Luna. Wieso lässt du so mit dir umgehen?«, fragte Maya mich, obwohl es eher wie eine Aussage klang.

»Was hätte ich deiner Meinung nach denn machen sollen? Du weißt doch, dass er hier auf'm Kiez aufgewachsen ist. Hier herrschen nun mal andere Sitten als in deinem feinen Winterhude.«

»Was möchtest du mir denn damit jetzt sagen? Nur weil meine Eltern nicht vom Kiez kommen, wissen wir also nicht, was hier so abgeht?«

Im Gegensatz zu mir war Maya immerhin in Hamburg geboren, nicht so wie ich in Stockholm. Auch wenn ich hier schon mehrere Jahre lebte, konnte ich mich trotzdem nicht mit dem Umgangston anfreunden.

»So war das doch überhaupt nicht gemeint. Mann, Maya, ich weiß doch auch nicht mehr weiter. Was soll ich denn nur machen?«

»Wie wäre es denn, einfach mal die Polizei zu verständigen? Das wolltest du doch sowieso tun. Da hinten am Spielbudenplatz ist die Polizeiwache, lass uns dort hingehen.«

»Du hast recht, dann lass uns gehen.«

Schnell erreichten wir das Polizeikommissariat 15 – die Davidwache. Wie unpassend.

Ein mulmiges Gefühl breitete sich in mir aus und der Stress wurde mir allmählich zu viel. Maya drückte mir eine Schachtel JPS Blue in die Hand und ich konnte nicht widerstehen. Nach einer Zigarette und unangenehmem Schweigen öffnete ich die Tür des Kommissariats.

Ein junger Mann stand am Schalter des Vorraums, er war nicht viel älter als ich, aber ihm passte die Uniform außerordentlich gut. Das war auch nicht nur mir aufgefallen, denn Mayas Blicke sprachen Bände.

»Moin, ihr beiden, was kann ich für euch tun?«, fragte der Polizist.

»Wir würden gern eine Vermisstenmeldung aufgeben.«

»Wen möchten Sie denn als vermisst melden?«

»Meinen Freund, David.«

»Wie alt ist Ihr Freund und seit wann wird er vermisst?«

»Er ist zweiunddreißig und wird seit gestern früh vermisst.«

»Erwachsene, die im Vollbesitz ihrer geistigen und körperlichen Kräfte sind, haben das Recht, ihren Aufenthaltsort frei zu wählen, auch ohne diesen den Angehörigen oder Freunden mitzuteilen. Es ist daher nicht Aufgabe der Polizei, Aufenthaltsermittlungen durchzuführen, wenn keine Gefahr vorliegt.«

»Also helfen Sie uns nicht?«, fragte ich

niedergeschlagen.

»Nehmen Sie erst mal im Wartebereich hinter Ihnen Platz, ich sage einem Kollegen Bescheid. Sie werden dann aufgerufen.«

Es dauerte eine ganze Weile und mir stand die Laune auch nicht gerade nach einer ausgiebigen Unterhaltung mit Maya. Sie saß die ganze Zeit an ihrem Handy, aber drehte es immer von mir weg, sodass ich nicht sehen konnte, was oder mit wem sie da schrieb.

Ein älterer Polizist kam aus seinem Büro und ging auf uns zu.

»Guten Tag, die Damen, kommen Sie doch einmal mit mir mit.«

Wir folgten ihm und nahmen auf den beiden Stühlen gegenüber von seinem Schreibtisch Platz.

»Was kann ich für Sie beide tun? Mein Kollege erzählte mir nur etwas von einer Vermisstenmeldung.«

»Ja genau, wir würden gern meinen Freund David als vermisst melden, er ist seit gestern früh verschwunden und so ein Verhalten sieht ihm nicht ähnlich.«

»Nachname?«

»Fuhrmann.«

»Geburtsdatum?«

»22.11.1989.«

»Geburtsort?«

»Hamburg.«

»Adresse?«

»Reeperbahn 5, 20359 Hamburg.«

»Oh, ein Bursche vom Kiez. Interessant. Ich schaue mal nach, was die interne Suche nach ihm ergibt.«

Er tippte einige Zeit auf seiner Tastatur und verzog dabei keine Miene.

Ich wurde langsam ungeduldig und wollte, dass David endlich wieder nach Hause kam.

»Eine gute Nachricht habe ich für Sie. Er liegt schon mal in keinem Krankenhaus hier in der Nähe, allerdings ist mir bei meiner Suche aufgefallen, dass er nicht zum ersten Mal als vermisst gemeldet wurde. Bereits vor zwei Jahren wurde innerhalb eines Jahres drei Mal nach ihm gesucht und er ist dann binnen weniger Tage wieder aufgetaucht. Gibt es eventuell Gründe, wie zum Beispiel Auseinandersetzungen, für sein Verschwinden?«

Ich nickte eilig. »Ja, er hatte sich am Abend zuvor mit einem seiner Mitarbeiter aufgrund von Geldproblemen in den Haaren.«

Es war merkwürdig. Vor ein paar Tagen erwischte ich David, wie er am Telefon Marie anschrie. Sie arbeitete bereits seit einigen Monaten für uns an der Bar und war auch immer sehr zuverlässig. Als ich David daraufhin fragte, was los sei, meinte er, dass sie mehr Geld verlangte, er es ihr aber nicht zahlen konnte und wollte. Das Gleiche kam einen Tag später auch mit Magnus vor.

»Das klingt für mich doch schon mal nach einem Grund für ein plötzliches Abtauchen. Haben Sie den Namen und die Adresse des Mitarbeiters für mich?«

Ich kramte in meiner Handtasche nach

meinem Handy. Aber weder Magnus' Handynummer noch eine Adresse hatte ich
abgespeichert.

»Tut mir leid. Ich weiß nur, dass der Mitarbeiter Magnus Jessen heißt. Er arbeitet bei
uns im Hanseatenkeller, ebenfalls in der
Reeperbahn 5.«

»Können Sie mir den Mann beschreiben?«

»Er ist, schätze ich mal, etwa 1,89 Meter
groß, relativ stämmig gebaut, hat einen dunklen Bart und helles Haar.«

»Alles klar, danke. Ich merke die Vermisstenmeldung vor, dafür benötige ich ebenfalls
ihre Daten. Dann werden wir zunächst in den
Hanseatenkeller fahren um ihn zu befragen.«

Ich bedankte mich und gab ihm meine
Daten. Ein erleichtertes Gefühl breitete sich
in mir aus und ich war froh, dass die Polizei
etwas unternahm. Vielleicht würde ein
Gespräch mit Magnus ja schon für mehr Auf-
klärung sorgen, er verhielt sich immerhin
komisch. Immer wenn ich ihn auf David

ansprach, blockte er das Thema ab.

Ich schnappte mir meine Sachen und Maya und wir verließen das Polizeikommissariat.

»Meinst du wirklich, die werden etwas unternehmen? Magnus zu befragen bringt doch nichts. Wenn er was wüsste, hätte er uns schon was gesagt.«

»Mann, Maya, ich weiß es nicht, aber was bleibt uns denn anderes übrig?«

»Wir könnten uns doch noch mal selbst auf die Suche begeben.«

»Und wo willst du suchen?«, fragte ich.

»Bist du sicher, dass du die komplette Wohnung abgesucht hast?«

»Ich hab eigentlich wenig Lust, in Davids Klamotten zu wühlen, und seinen ganzen Papierkram hat er im Büro.«

»Lass uns zurück in deine Wohnung gehen, dann schauen wir weiter.«

Wir gingen den Weg vom Spielbudenplatz zur Reeperbahn gemütlich zurück und unterhielten uns noch ein wenig über den gutaussehenden Polizisten. Maya kam aus dem Schwärmen gar nicht mehr raus.

Als wir die Wohnung erreicht hatten, stand dort schon ein Einsatzwagen der Polizei, aber niemand war zu sehen.

»Vermutlich sind sie im Laden und befragen Magnus«, mutmaßte Maya.

»Denke ich auch. Ich würde zu gern mal Mäuschen spielen.«

»Vergiss es, das gibt doch nur Ärger. Sie werden sich schon melden, wenn sie etwas finden.«

Wir gingen die Treppe hoch zur Wohnung und hörten Farins Bellen.

»Hallo, mein Engel.«

Ich begrüßte Farin und kraulte ihn ein wenig.

Maya nahm schon mal auf dem kleinen Sofa Platz und schaltete den Fernseher ein. Ich suchte uns aus dem Kühlschrank zwei kalte Astra raus, als mir etwas ins Auge fiel.

Ein Fünfzigeuroschein lugte unter dem

Kühlschrank hervor. Ich bückte mich, bekam das Gerät allerdings weder verschoben noch konnte ich es hochheben.

»Ey, Maya! Komm mal her«, rief ich.

»Was?«

»Los, beweg dich!«

Maya kam in die Küche getrottet und entdeckte den Schein auch sofort. Wir versuchten, den Kühlschrank hochzuheben und entdeckten dort einen ganzen Batzen Fünfzigeuroscheine.

»Oh krass, sind das deine?«

»Warum zur Hölle sollte ich hier so viel Geld verstecken?«

»Das weiß ich doch nicht. Ihh, sie mal! Die letzten Scheine sind voll mit Blut.«

Sie hatte recht. Einige der Scheine waren mit Blut verklebt.

»Meinst du, wir sollten es der Polizei melden?«

»Spinnst du? Wir könnten so viel geile Sachen mit dem Geld anstellen.«

»Halt die Klappe. Ich pack den Batzen erst mal weg und je nachdem, was die Polizei morgen sagt, melde ich es. Nimm dir mal 'n Bier und entspann dich.«

Maya nahm sich wortlos das Astra und ließ sich auf der Couch nieder. Wir unterhielten uns noch eine Weile und schliefen dann beide auf dem Sofa ein.

Mittwoch

22. SEPTEMBER 2021

05:26. Farins Bellen riss mich aus dem Schlaf. Er wollte Gassi gehen und ich hatte das gestern Abend total verplant.

Maya lag schlafend auf der Couch und ich deckte sie mit meiner Wolldecke zu. Sie sah so friedlich aus und mir wäre es lieber gewesen, einfach weiterzuschlafen.

Ich zog mir meine Gummistiefel an und eine Regenjacke, gab Farin etwas zu fressen und holte schon mal die Leine.

Ich wollte auf mein Handy schauen, aber es war leer. Also stöpselte ich es in die Steckdose und ging mit Farin auf den Kiez. Das Wetter war stürmisch, zum Glück hatte ich meine Regenkleidung angezogen.

Der Hanseatenkeller war leer, das Licht aus und sonst sah nichts danach aus, als wäre dort jemand. Merkwürdig, da wir meistens zu dieser Uhrzeit geöffnet hatten oder zumindest die Reinigungskraft da war. Lediglich Magnus' Auto stand in der Seitenstraße, aber weit und breit war er nicht zu sehen.

Ich ging näher an seinen alten Mercedes ran und entdeckte einige Kratzer hinter der B-Säule. Merkwürdig. Eigentlich war er immer pingelig, was sein Auto betraf, aber um diese Uhrzeit hatte ich keine Lust, mir darüber Gedanken zu machen.

Wir gingen wieder rauf in die Wohnung. Ich machte schnell aus den Resten im Kühlschrank ein halbwegs akzeptables Frühstück und ging schon mal duschen. Heute war wieder ein Interview für mich vorgesehen, also schnappte ich mir ein dunkles Kleid und meine hohen Stiefel.

Maya war von den Geräuschen der Dusche geweckt worden und stand langsam auf. Sie exte den Rest Bier von gestern Abend und kraulte Farin. Manchmal widerten mich ihre Sitten, wie das Bier exen, an, aber so war Maya nun mal. Sie pflegte gern einen rauen Umgangston und hatte eine große Klappe, dafür war sie mir immer eine treue Freundin.

Als meine Eltern damals von Stockholm

nach Hamburg gezogen waren, fiel mir die Umgewöhnung wahnsinnig schwer. Die neue Sprache, die neue Umgebung und die vielen fremden Menschen.

Mit Maya verstand ich mich auf Anhieb. Als meine Eltern vor zwei Jahren wieder zurück nach Schweden gegangen waren, waren wir beide in eine WG in Eimsbüttel gezogen. Es war eine wilde Zeit. Als ich dann David kennenlernte, war ich relativ schnell zu ihm gezogen und fühlte mich schlecht gegenüber Maya. Der Kontakt zu meinen Eltern wurde mit der Zeit auch immer weniger und sie meldeten sich kaum noch bei mir. Sie hielten nichts von meinem Job bei der Zeitung, sie wollten, dass ich eine vernünftige kaufmännische Ausbildung machte. David konnten sie von Anfang an nicht leiden, aber das war mir egal. Maya suchte sich recht schnell eine neue Mitbewohnerin. Sie studierte Germanistik und angewandte Psychologie, aber ging nur zu den Klausuren zur Uni, wenn sie denn überhaupt mal ging.

Wir frühstückten in Ruhe und sie begleitete mich noch auf dem Weg zur Arbeit. Da wir früh dran waren, entschied ich mich dazu, den Weg zur Redaktion zu laufen und auf die Bahn zu verzichten. Mir lag das Frühstück schwer im Magen, aber der Abend mit Maya hatte mich zumindest ein wenig von David abgelenkt. Ich hoffte, dass die Polizei inzwischen etwas herausgefunden hatte.

Herr Jahnke wartete bereits und hatte einige Aufträge für mich. »Heute Abend habe ich ausnahmsweise auch einen Auftrag für dich. Er ist sehr wichtig und ich habe niemand anderen, der Zeit hat.«

»Um was geht es denn?«, fragte ich.

»Du erinnerst dich noch an den Autor vom Interview? Nico Sturm?«

»Ja, wieso?«

»Er gibt heute Abend eine Lesung an den Landungsbrücken und du müsstest darüber berichten und einige Fotos schießen.«

»Ja, kein Problem.« Ich war neugierig. So große Aufträge erledigt er eigentlich selbst, aber es war ein schönes Gefühl, endlich ein wenig mehr Verantwortung zu bekommen.

Mich erwarteten einige langweilige Interviews mit Politikern und eine Pressekonferenz über den Umweltschutz. Um sechzehn Uhr hatte ich alle Aufträge abgearbeitet.

Insgeheim freute ich mich schon ein wenig auf den Auftrag heute Abend. Der Autor hatte mir bei dem ersten Zusammentreffen unwahrscheinlich gut gefallen, aber dafür hatte ich keinen Kopf. Es fühlte sich wie Fremdgehen an, obwohl es nur einige harmlose Gedanken waren. Aber eben genau diese Einfälle wollte ich aus meinem Kopf verbannen.

Mein Handy klingelte und ich versuchte, es möglichst schnell aus der Tasche zu kramen, um ranzugehen. Ich hasste es, wenn ich Anrufe verpasste und zurückrufen musste.

»Luna? Wo steckst du?«, fragte Maya.

»Ich bin auf dem Rückweg von der Arbeit,

stehe aber gerade noch vorm Redaktionsge-
bäude.«

»Okay, warte dort, ich hol dich ab.«

Ich wartete knapp zwanzig Minuten, bis
Maya mich mit ihrem alten Nissan Micra
abholte. Sie wirkte gut gelaunt und bremste
rasant auf dem Bürgersteig, damit ich einstei-
gen konnte. Ich riss die Tür auf und wurde
mit einer freudigen Begrüßung empfangen.

»Was hast du vor, Maya?«

»Ich habe morgen keine Uni, also könnten
wir uns doch heute einen schönen Abend
machen.«

»Sonst gehst du doch auch nie in die Uni.
Also was hast du genau vor?«

Sie zuckte mit den Schultern. »Ich habe
noch mal über unseren Fund von gestern
Abend nachgedacht und denke, dass David
noch mehr zu verheimlichen hat.«

»Meinst du?«

»Ja, wieso sollte sonst so viel Geld unterm
Kühlschrank liegen?«

»Du hast recht, aber wir haben doch nichts anderes gefunden. Ich habe echt keine Lust, jetzt jeden einzelnen Schrank hochzuheben und nach verstecktem Geld zu suchen.«

»Lass uns erst mal in deine Wohnung fahren und dann sehen wir weiter.«

Nach einigen Minuten erreichten wir die Nebenstraße der Wohnung und stellten das Auto ab. Magnus' Wagen stand immer noch an genau derselben Stelle wie gestern Abend, das machte mich langsam skeptisch. Der Gedanke, dass Magnus mit Davids Verschwinden zusammenhing, kam mir schon öfter. Ich wollte es aber nicht glauben.

Wir gingen hoch in die Wohnung, Maya schnappte sich eine Cola aus dem Kühlschrank und nahm neben Farin auf dem Sofa Platz.

Gedanklich war ich schon bei meinem Auftrag heute Abend. Der Autor ging mir nicht mehr aus dem Kopf und ich hatte ein Verlangen, ihn wiederzusehen.

»Hast du schon in Davids Laptop geschaut?«, fragte Maya und riss mich damit aus meinen Gedanken.

»Nein, ich weiß sein Passwort nicht.«

»Ernsthaft, so schwer kann das nicht sein.«

Mir war unwohl dabei, in Davids Sachen rumzuschnüffeln, aber ich sah keine andere Möglichkeit. Ich wollte nur noch wissen, wo er steckte.

»Versuch mal 09091967.«

Der Geburtstag seiner Mutter. Auch wenn sie nicht viel Kontakt hatten, so lag sie ihm doch am Herzen.

Maya tippte auf seinem Laptop herum und der Startbildschirm öffnete sich.

»Sag ich doch!«, triumphierte sie.

Sie öffnete seinen Facebookverlauf und stieß auf einige Nachrichten mit unbekannten Frauen.

»Meinst du wirklich, er hat eine Andere?«, fragte ich sie verunsichert und wollte die

Wahrheit nicht wissen.

»Unwahrscheinlich ist es nicht, aber ich denke, dass noch mehr dahinter steckt.«

»Und was?«

»Ich schaue mal in sein Onlinebanking. Vielleicht finde ich dort mehr.«

Sie öffnete sein Bankprogramm und das Passwort funktionierte ebenfalls. Schon fast naiv, für alle Konten dasselbe Passwort zu nutzen. Langsam hatte ich das Gefühl, dass er erschwischt werden wollte.

Tatsächlich. Sein Konto war im Minus. Fünftausend Euro hatte er vor wenigen Tagen abgehoben. An einem Geldautomaten auf der Großen Freiheit. Danach waren keine Aktivitäten zu erkennen.

»Das müssen wir der Polizei melden!«, schrie ich auf.

»Da hast du ausnahmsweise mal recht.«

Ich war hin und hergerissen. Es enttäuschte mich, dass David mich so belogen hatte. Andererseits dachte ich, dass ihm vielleicht etwas passiert sein könnte, und ich wurde unruhig. Am liebsten hätte ich den Termin heute Abend abgesagt, aber so, wie es aussah, brauchten wir das Geld. Dringend.

Maya nahm mich bis zu den Landungsbrücken mit und ließ mich vor dem Gebäude raus. Zehn Minuten hatte ich noch, bevor die Lesung begann, und ich versuchte erneut, David zu erreichen. Vergeblich.

Ein Auto hielt einige Meter von mir entfernt. Es war ein schwarzer Opel Corsa und der Autor stieg aus. Er trug einen dunklen Kapuzenpullover und eine Strickmütze. Er ging auf die anderen Pressevertreter, die schon am Eingang warteten und stach aus der Masse der Anzugträger heraus. Er wirkte verträumt und ich fragte mich, was wohl in seinen Gedanken so interessant war.

Ich wäre lieber an seiner Stelle gewesen, aber leider traute ich mich nicht, meine Manuskripte zu veröffentlichen oder einem

Verlag vorzustellen. Fürs Selfpublishing fehlte mir das Geld.

Die Tür des Gebäudes öffnete sich und die Menschenmenge strömte hinein. Es war ein sehr großer Saal und er hatte Platz für mehrere Hundert Menschen. Heute waren allerdings nur rund zwanzig Pressevertreter geladen und so wirkte alles sehr verlassen.

Ich nahm in der ersten Reihe Platz und wartete gespannt.

Eine SMS von Maya mit den Worten: »Ruf mich dringend zurück«, erreichte mich. Allerdings konnte ich wohl schlecht jetzt einfach rausrennen und den Termin sausen lassen. Herr Jahnke würde mich eigenhändig köpfen.

Ein dunkel gekleideter Mann betrat die Bühne und moderierte Nico Sturm an.

In seinen Augen konnte ich seine Nervosität erkennen und er schaute während des Sprechens zum Boden, nahm auf einem der Stühle Platz und begann vorzulesen.

Der Sommer auf Madeira war warm und schwül. Wir wollten nicht lange bleiben und nur einen Teil unserer Reise hier verbringen, aber ich verliebte mich in das Meer und die Gutmütigkeit der Menschen. Ich fühlte mich angekommen nach einer langen Reise. Als wäre Madeira das Ziel gewesen, nachdem ich mich ewig gesehnt hatte.

Wir liehen uns ein Auto. Um genauer zu sein, einen Toyota Auris Hybrid, um damit die Insel unsicher zu machen.

Er atmete tief durch und räusperte sich.

Nina wollte fahren und so nahm ich auf dem Beifahrersitz Platz. Das Auto hatte den typischen Neuwagengeruch und ich nahm den Duft tief in mich auf.

Er las noch einige Minuten weiter.
Die anderen Pressevertreter applaudierten.

Ich hielt mich eher zurück.

Die Geschichte gefiel mir zwar, aber Thriller waren noch nie meins gewesen.

Ich bemerkte seinen Blick und er wirkte verunsichert. Ich lächelte ihm schüchtern zu und erkannte ein Zucken auf seiner Oberlippe. Er verließ die Bühne und ging in den Konferenzraum, der im oberen Stockwerk lag.

In zehn Minuten hatte ich meinen Termin mit ihm und meine Anspannung stieg ins Unermessliche. Ich konnte nicht sagen, ob es an ihm lag oder daran, dass ich noch nie allein ein Interview abgehalten hatte.

Ich nutzte die kurze Pause zum Verschnaufen und ging an die frische Luft. Es begann zu regnen, was nun wahrlich keine Seltenheit in Hamburg war. Die paar Minuten Ruhe taten mir gut und ich kam ein wenig runter. Ich ging nochmal die Fragen in meinem Kopf durch und atmete tief ein, ehe ich reinging. Eigentlich wollte ich Maya noch anrufen, aber für das Interview benötigte ich einen klaren Kopf.

Ich nahm den Fahrstuhl in den ersten Stock und wurde von einer jungen Frau in den Konferenzraum geführt. Sie verließ den Raum und schloss hinter sich die Tür.

Wir waren allein. Nur Nico und ich.

Ich begrüßte ihn und gab ihm meine Hand. Neben ihm nahm ich Platz und holte meinen Fragenkatalog aus der Tasche. Das Diktiergerät schaltete ich an und stellte es auf den Tisch neben uns.

»Guten Tag, Herr Sturm, schön, Sie erneut zu sehen und vielen Dank für die Möglichkeit des Interviews«, begann ich die Unterhaltung.

»Es ist mir eine Freude. Ich hoffe, Ihnen hat die Lesung gefallen.«

»Ja, es war eine schöne Abwechslung. War dies Ihre erste Lesung?«

»Ja, das war es. Hat man das gemerkt? Ich habe mich bisher immer davor gedrückt, eine Lesung zu geben.«

Er wirkte noch verunsicherter und Schweiß

bildete sich auf seiner Stirn. Er tat mir leid und ich machte das Diktiergerät aus.

»Du brauchst nicht nervös sein. Zumindest jetzt nicht mehr. Ich bin selbst ein Anfänger und hätte nicht mal den Mut, ein Buch zu veröffentlichen. Also sei stolz auf dich.« Ich versuchte, ihn ein wenig aufzumuntern, und die Anspannung in seinem Gesicht löste sich. Es war unprofessionell, jetzt von mir zu reden, aber es tat gut.

»Du schreibst?«, fragte er euphorisch.

»Na ja, ich schreibe für meine Schublade und gelegentlich aushilfsweise für den Hamburger Report, solange ich noch im Volontariat bin.«

Er wirkte interessiert und ich entdeckte ein Leuchten in seinen Augen. »Über was schreibst du?«

»Bis jetzt nur Liebesromane.«

»Mhm, das ist nicht mein liebstes Thema«, erwiderte er.

»Meins auch nicht mehr.« Ich kicherte und

fühlte mich gleich viel wohler.

Bei mir kam das Gefühl auf, als wären wir auf einer Wellenlänge. Schon lange hatte mich niemand mehr nach dem Schreiben gefragt. David hatte sich nur zu Beginn unserer Beziehung dafür interessiert. Inzwischen war er nur noch genervt von dem Thema und meinte, dass ich es sowieso nie veröffentlichen würde.

Vielleicht hatte er recht, aber in der letzten Zeit ging es nur noch um ihn, bei den wenigen Gesprächen, die wir führten. Um den Laden, die Arbeit und die Musik.

»Warum traust du dich nicht, deine Werke zu veröffentlichen?«

Darüber musste ich nicht einmal nachdenken. »Ich denke nicht, dass es lesenswert ist.«

»Jedes Buch ist lesenswert. Zwischen den Buchdeckeln liegt so viel Liebe und Leidenschaft, die jedes Buch lesenswert machen.«

Ich hatte nicht mit solchen Worten gerechnet und wusste auch nicht, was ich darauf antworten sollte.

»Was machst du heute Abend noch?«, hakte er nach.

»Bis jetzt habe ich nichts geplant. Ich muss nur mein Interview mit dir abhaken.«

»Ich hab da eine Idee. Wir könnten in eine Bar gehen, die hab ich vorhin auf dem Hinweg gesehen, und dort das Interview fortführen.«

Ich überlegte kurz und war mir nicht sicher. Zum Einen kam es mir befremdlich vor, mit einem fremden Mann mitzugehen, und zum Anderen war ich mit David zusammen. Das Interview musste ich aber trotzdem führen und so beschloss ich, ihn zu begleiten.

Wir verließen das Gebäude und ich nahm in seinem Auto Platz. Es roch nach Piña Colada-Duftbaum und die Rückbank war voller Energydosen. Ich konnte es ihm nicht verübeln, wenn ich ein Auto hätte, dann würde es vermutlich genauso aussehen.

Wir fuhren in die City und er parkte vor einer Kneipe namens Ankerbar. Sie sah schick aus und ich fühlte mich ein wenig unpassend gekleidet. In meinem alten Kleid, obwohl es das schönste war, das ich besaß, kam ich mir fehl am Platz vor.

Nico öffnete die Beifahrertür und wartete, bis ich ausgestiegen war. Er ließ mich vorgehen und ich nahm an einem kleinen Tisch am Fenster Platz. Inzwischen war es dunkel geworden und der Regen vorbeigezogen. Eine schöne klare Nacht.

Ich bestellte einen alkoholfreien Strawberry Colada und er ein Astra.

»Kommst du eigentlich aus Hamburg?«, fragte ich ihn interessiert.

»Nein, ich bin nur für ein paar Tage hier. Eigentlich komme ich aus Hannover. Und du, kommst du aus Hamburg?« Er kratzte sich am Kinn und sah mich neugierig an.

»Ja, ich komme von hier. Genauer gesagt aus St. Pauli.«

Er lachte kurz auf. »Eine interessante Ecke. Wäre allerdings überhaupt nichts für mich.«

»Ich hätte auch nie gedacht, dass es etwas für mich wäre. Inzwischen gefällt mir die Ecke aber wirklich gut.«

»Wie kam es dazu, dass du dort hingezogen bist?«, fragte er mich.

»Mein Freund David hat dort einen Club.« Am liebsten hätte ich ihm nichts von David erzählt, aber ich wollte lieber bei der Wahrheit bleiben.

»Interessant.« Die Stimmung kühlte ab. Es wirkte, als hätte er mit der Antwort nicht gerechnet.

»Was machst du eigentlich, wenn du nicht gerade Bücher schreibst?«, versuchte ich, vom Thema abzulenken.

»Ich bin Erzieher in einer Krippe.«

»Oh, wow. Die Antwort kam unerwartet. Wie kommt man dann dazu, Thriller zu schreiben?«, hakte ich nach.

»Ich war lange Zeit nicht in der Lage, eine

Liebesgeschichte zu schreiben, und die menschlichen Abgründe haben mich schon immer fasziniert.«

Ich konnte ihn verstehen. Ich schaute abends vor dem Schlafen wahnsinnig gern Dokumentationen über Serienkiller, aber auch nur, weil ich so fasziniert war, warum Menschen so wurden.

»Und wieso benutzt du kein Pseudonym, wäre das nicht sicherer mit deiner Arbeit?«

Er begann herzlich zu lachen. »Das tue ich doch. Nico ist mein richtiger Name, aber Sturm nicht. Bis jetzt ist es aber noch niemandem aufgefallen. Ich hatte wirklich überlegt, ob ich meinen richtigen Nachnamen verwenden soll, aber ich habe gerne ein wenig Privatsphäre.«

Ich nickte verständnisvoll. Mir würde es auch komisch vorkommen, wenn der Erzieher meiner nicht vorhandenen Kinder in seiner Freizeit Thriller schreiben würde. Aber nur, weil er solche Taten schrieb, hieß das ja noch lange nicht, dass er dazu fähig wäre. Ich hatte das Schreiben schon immer als Kunst angesehen. Als Möglichkeit, Emotionen auszuleben und Welten zu erschaffen, die es nicht gab. Ich bewunderte ihn und war schon fast ein wenig neidisch.

»Bist du bei einem Verlag?«, fragte ich neugierig.

»Müsstest du das nicht eigentlich wissen oder hast du vor dem Interview nicht recherchiert?«

Ich konnte mir ein verlegenes Grinsen nicht verkneifen. »Du hast recht. Da habe ich meine Hausaufgaben wohl nicht ordentlich gemacht, aber mir ist es beim Lesen eigentlich egal, ob man das Buch selbst veröffentlicht hat oder es von einem Verlag kommt. Das ist noch lange kein Qualitätsmerkmal.«

»Da gebe ich dir recht. Ich habe das Buch selbst veröffentlicht. Allerdings habe ich mich auch bei keinem Verlag beworben. Ich hätte es nicht ertragen, alle Entscheidungen abzugeben.«

»Was für Entscheidungen meinst du?« Das Thema interessierte mich wirklich. Zwar überwiegend auf privater Ebene, aber da ich noch Inhalt für mein Interview brauchte, zückte ich meinen Notizblock und schrieb einige Dinge mit.

»Das Cover zum Beispiel. Ich hatte schon während des Schreibens eine klare Skizze vor meinen Augen und hätte es nicht ertragen, wenn es komplett anders geworden wäre.«

Über solche Aspekte hatte ich nie wirklich nachgedacht. Warum denn auch? Immerhin war ich noch nie so weit, dass ich ein Cover benötigt hätte. Aber der Gedanke, mein eigenes Buch in meinen Händen zu halten, gefiel mir immer mehr.

»Bist du so perfektionistisch?« Ich lachte.

Er zückte sein Handy und schob seine Ärmel ein wenig hoch. Zum Vorschein kamen einige schwarze Tattoos. Einen Anker und eine skizzierte Figur konnte ich erkennen. »Leider Gottes bin ich ein verdammter Perfektionist. Häufig verfluche ich es, aber je mehr Liebe in etwas steckt, desto besonderer wird es für mich.«

»Was machst du eigentlich, wenn du nicht gerade Bestseller schreibst?«

Er begann zu lächeln und seine Augen glänzten. »Musik ist mir zum Beispiel wahnsinnig wichtig und ich gehe gerne mit meinem Hund raus.«

»Was für einen Hund hast du denn?«

»Eine Bulldoge, ihr Name ist Marley.«

Ich liebte Hunde. Farin war mir in all der Zeit wirklich ans Herz gewachsen und ich konnte mir nicht vorstellen, wie es mal ohne ihn war.

Seine Hand kam näher und er berührte meine Finger. Es fühlte sich an, als bekäme ich hunderte kleine Stromschläge gleichzeitig. Ich war wie elektrisiert. Meine Wangen glühten und ich schaute an ihm vorbei. Wenn ich ihn angeschaut hätte, wäre ich vermutlich explodiert. Selbst bei David hatte es nicht so gekribbelt. Verliebtheit spürte ich bei ihm auch, aber die war leider ziemlich schnell im Alltagsstress verschwunden.

»Wo hast du denn deinen Hund gerade geparkt?«, wollte ich wissen.

»Er ist bei meinen Eltern hier in der Nähe. Sie leben in Stade und ich bemühe mich, sie so häufig wie möglich zu besuchen.«

»Also kennst du dich in der Umgebung aus?«

»In der Umgebung ja, in Hamburg leider nur mittelmäßig. Auf St.Pauli war ich erst zwei Mal.«

»Soll ich dir ein wenig die Stadt zeigen?«

Es war schon sehr spät, aber ich hatte das Bedürfnis, unser Treffen in die Länge zu ziehen und noch mehr über ihn zu erfahren. Ich genoss es, dass er inzwischen so locker geworden war. Bei dem Interview nach der Lesung hatte er so verschlossen gewirkt, davon war jetzt absolut keine Spur mehr.

»Das wäre schön. Wie bist du eigentlich hierhergekommen? Bist du mit der Bahn gekommen?«, fragte er mich.

»Nein, meine Freundin Maya hat mich gebracht. Ich habe nicht mal einen Führerschein. Zum Glück war sie so lieb, mich zu fahren.«

Er nickte und ich drehte das Glas gedankenverloren zwischen meinen Händen. Es gab so viel, das ich noch über ihn erfahren wollte, und wusste gar nicht, wo ich anfangen sollte.

»Hast du eigentlich eine Freundin?« Die Frage schoss aus meinem Mund und ich bereute sie sofort. Ich wollte nicht so aufdringlich wirken.

»Nein, habe ich nicht.«

Ich erzählte ihm von Davids Verschwinden und meinen, nennen wir es mal, Ermittlungen. Er wirkte interessiert, aber auch komisch, als wollte er davon nicht viel wissen, sondern fragte nur aus Höflichkeit.

Wir bezahlten die Rechnung getrennt und

machten uns mit seinem Auto auf den Weg Richtung St. Pauli. Zum Glück bekamen wir einen Parkplatz am Hamburger Berg. Vor einer Sushibar parkten wir und ich konnte in Nicos Augen ein Glitzern erkennen.

»Ist hier immer so viel los?«, fragte er mich.

Ich lachte. »Wir sind doch noch nicht mal auf einem Hotspot.«

Wir gingen Richtung Elbschlosskeller. Die härteste Kneipe Hamburgs. Wenn Nico damit zurechtkam, war er für alles andere auch gewappnet.

»Meinst du wirklich, dass du da rein möchtest?«, fragte ich ihn noch einmal zur Sicherheit.

»Wieso denn auch nicht?«

»Es gibt das Sprichwort: Du bist selbst für den Elbschlosskeller zu hässlich. Ich glaube, das passt ganz gut.«

Ich lachte und wollte abwarten, ob er mit meinem Humor zurechtkam.

Er boxte mich gegen die Schulter, ich haute

zurück und wir gingen rein.

Es war mehr eine Spelunke als eine Kneipe und kein Touristenhotspot. Aber als Kiezianerin war ich relativ häufig hier. Mir gefiel es, dass dort alles an Gesellschaftsschichten und die unterschiedlichsten Charaktere vertreten waren.

An der Bar entdeckte ich meine Freundin Laura. Sie war groß, schlank und das komplette Gegenteil von mir. Das Herz hatte sie aber am rechten Fleck. Sie arbeitete in einem Laufhaus auf der Herbertstraße und wohnte ein paar Häuser neben uns. Wir waren gleichalt und trafen uns, wenn es die Zeit zuließ, so häufig wie möglich.

»Hey, Laura!«

Ich winkte sie zu uns und sie nahm neben mir Platz. Ich bestellte eine Runde Astra für uns und Laura nahm Nico unter die Lupe. »Woher kennt ihr beiden euch denn?«

Ich übernahm das Antworten. »Von der Arbeit. Er ist für heute mein Interviewpartner.«

»Was machst du denn Spannendes?«

»Ich schreibe Bücher und du?«

»Ich arbeite im Laufhaus.«

Sie stand zu dem, was sie tat, und sprach auch gerne darüber. Mit achtzehn hatte sie sich dazu entschlossen, um allein leben zu können. Sie kam gebürtig aus Bremen und war von ihren Eltern abgehauen. Um sich das Leben zu finanzieren, hatte sie begonnen, auf dem Kiez zu arbeiten. Ich war ein wenig besorgt gewesen, als ich davon gehört hatte, aber sie war eine sehr selbstbestimmte Frau und jeder Mann, der nicht auf sie hörte, tat mir leid.

»Interessant, weit von hier?«, fragte Nico.

»Ein paar Straßen weiter, Luna kann es dir ja später zeigen. Ihr könnt mich gern besuchen kommen. Ich muss jetzt auch zur Schicht.«

»Möchtest du noch etwas trinken?«, fragte

Nico.

»Ja, aber nur 'ne Cola. Ich glaube, es reicht erstmal mit dem Alkohol.«

Nico bestellte uns an der Theke zwei Dosen Cola und nahm wieder am Tisch Platz. Er holte sein Handy aus der Hosentasche und begann zu tippen.

»Meine Schwester hat mir gerade ein Bild von meinem Neffen geschickt.« Er hielt mir sein Handy vor die Nase und es war ein etwa dreijähriger Junge mit einem halben Glas Nutella im Gesicht zu sehen. »Ich liebe meinen Neffen. Irgendwann möchte ich auch Kinder, aber bis jetzt kam einfach nie die Richtige. Wie schaut's bei dir aus?«

»Ich fühle mich noch nicht bereit genug.«

»Ich glaube, man ist nie bereit für Kinder.«

»Das mag sein«, sagte ich und wurde nachdenklich.

Wir saßen noch einige Zeit im Elbschlosskeller und beobachteten die anderen Gäste. Die Mischung aus all den verschiedenen

Charakteren machte die Atmosphäre besonders. Hier wurde kein Wert darauf gelegt, woher man kam, sondern wer man war. Ob Anwalt oder Obdachloser, hier wurde jeder gleich behandelt.

Wir verabschiedeten uns und verließen die Kneipe.

Es war kalt und außer meiner Cordjacke hatte ich nichts mit zum Drüberziehen.

Nico legte seinen Arm um meine Schulter und wärmte mich. Ich genoss die Nähe und schmiegte mich näher an ihn ran. Den ganzen Stress um David konnte ich für kurze Zeit vergessen und das tat wirklich gut.

»Wo wollen wir als Nächstes hin?«, fragte ich ihn.

»Ich kenn mich hier doch nicht aus. Was gibt es denn noch Spannendes?«

»Hast du Lust, was zu trinken?«

Eigentlich hatte ich keinen Alkohol mehr gewollt, aber mich überkam ein plötzliches Verlangen danach.

»Ich muss noch fahren.«

»Kannst dein Auto doch hier stehenlassen und ein Taxi nehmen?«

»Das klingt nach 'nem Plan. Ich hätte Lust auf 'nen Kurzen.«

»Da hab ich 'ne Idee.«

Wir gingen über die Reeperbahn zur großen Freiheit. Um die Uhrzeit war es hier ziemlich voll. Die Clubs leuchteten in den grellsten Neonfarben und auf den Straßen tummelten sich Touristen.

Vor einer kleinen Kneipe legten wir einen Stopp ein und ich bestellte am Fenster zwei Shots.

»Was macht das?«, fragte ich die Bedienung.

»9,60€«

»Ich will doch nicht den ganzen Laden kaufen. Was kostet das wirklich?«

»9,60€. Und wenn ich mittrinke 11€.«

Ich war schockiert. Hohe Preise war ich gewohnt, aber das war selbst für den Kiez krass.

»Dann nur die beiden.« Ich zückte einen Zehneuroschein aus meiner Hosentasche und gab ihn ihr.

»Hier gibt's nichts umsonst, selbst eine aufs Maul muss man sich hier verdienen!«, legte die Bedienung nochmal nach.

Raues Verhalten kannte ich eigentlich schon, aber manchmal war es mir zu viel.

Nico nahm sein Glas in die Hand, bedankte sich und kippte es runter wie Wasser. Wir liefen die Große Freiheit zweimal rauf und runter und klapperten so ziemlich jede zweite Kneipe ab. Ich merkte, wie meine Wahrnehmung verschwamm, und Nico sah auch sehr bleich aus. Um uns auszunüchtern, gingen wir über die Reeperbahn zur Herbertstraße und schließlich zu dem Laufhaus, in dem Laura arbeitete.

Ich sah auf mein Handy. 03:56.

Eigentlich würde ich jetzt viel lieber im Bett liegen und schlafen, aber ich wollte die gemeinsame Zeit mit Nico in allen Zügen genießen. Wer wusste schon, ob ich ihn je wiedersehen würde?

Ich schrieb Laura eine Nachricht und sie antworte, dass wir raufkommen dürften.

Es war ein großes Laufhaus mit über vierzig Räumen und wechselnden Angestellten. Laura hatte ein festes Zimmer angemietet und es war hübsch eingerichtet. Es bestand aus einem Schlafzimmer und einem Badezimmer. Im Schlafzimmer, dem Hauptraum, stand ein großes Bett mit rosa Bettwäsche und sogar ein Sofa hatte sie.

Laura öffnete uns in einem pinken Bademantel die Tür und bat uns rein.

»Ihr seht ziemlich kaputt aus«, merkte sie dabei an.

»Ich habe Nico den Kiez gezeigt und wir haben vielleicht den einen oder anderen getrunken.«

»Den einen oder anderen zu viel.« Sie lachte. »Ich habe gleich noch zwei Kunden und dann bringe ich euch Suffköppe nach Hause.«

»Alles klar«, antwortete ich und wir verließen das Laufhaus. Um einen klaren Kopf zu bekommen und ein wenig frische Luft zu tanken, nahmen wir auf einer Bank in einer Nebenstraße Platz.

»Rauchst du eigentlich?«, fragte ich ihn.

»Nein, du etwa?«

Ich ließ die Frage unbeantwortet. Da ich keinen schlechten Eindruck vermitteln wollte, ersparte ich mir die Zigarette und ließ sie in meiner Jackentasche. Ich wollte sowieso aufhören, vielleicht war das ein guter Zeitpunkt. Es stank, machte süchtig und war teuer. Drei gute Gründe, mit denen ich es bis jetzt leider trotzdem noch nicht geschafft hatte, aufzuhören. Sobald David sich eine Zigarette angesteckt hatte, wurde mein Verlangen so groß, dass ich dem nachkommen musste.

»Meinst du, David taucht wieder auf?«, fragte Nico und diese Frage verwunderte mich. Ich hatte nicht damit gerechnet, dass er von allein auf das Thema zu sprechen kam.

»Ich weiß es nicht, aber ich hoffe es.«

»Du liebst ihn sehr, oder?« Sein Blick senkte sich und er sah mich nicht mal mehr an.

»Die Frage kann ich dir nicht mal beantworten. Er war mir immer sehr wichtig, aber in der letzten Zeit war er irgendwie komisch zu mir. Er hat mich kaum noch beachtet und wir lebten uns auseinander. Sein Verschwinden überrascht mich nicht mal besonders. Laut der Polizei ist er schon öfter verschwunden.«

Es fiel mir schwer, so ehrlich zu antworten, aber es fühlte sich richtig an.

»Willst du denn noch bei ihm bleiben?«

»Ich habe schon öfter darüber nachgedacht, das Ganze zu beenden, aber ich wollte noch einmal ein klärendes Gespräch führen«, erklärte ich.

Nico nahm meine Hand und streichelte

meinen Arm. Ich fühlte mich beschützt und gleichzeitig plagte mich mein Gewissen wegen David. Am liebsten hätte ich Nico sofort geküsst, aber das konnte ich nicht.

Eine Nachricht von Laura leuchtete auf meinem Bildschirm auf und ich schickte ihr unseren Standort. Sie holte uns ab und brachte uns zu meiner Wohnung. Der Hanseatenkeller war noch gut besucht. Zumindest hörte ich die wimmernden Bässe und einige Stimmen. Mir stand nicht der Sinn danach, reinzugehen, um nach David zu fragen. Wenn er zurück wäre, hätte er sich vermutlich schon gemeldet. Ich schloss die Tür zu der Wohnung auf und Farin sprang mich an.

Verdammt! Eine Pfütze befand sich auf dem Teppich im Flur, aber das war meine Schuld.

Ich zeigte Nico, wo er seine Sachen ablegen konnte, und fütterte Farin. Wir gingen noch eine kleine Runde und ich ließ Nico sich in Ruhe umziehen. Eine Jogginghose und ein

Shirt konnte ich ihm zum Glück geben. Ihm etwas von David zu geben, kam mir falsch vor.

Ich schaltete den Fernseher an und nahm neben Nico auf der Couch Platz. Einige Zeit lag ich in seinem Arm, bis mir die Augen zufielen und wir Arm in Arm einschliefen.

Donnerstag

23. SEPTEMBER 2021

Ich bemerkte einen Arm auf meinem Körper und wurde wach. Nico lag neben mir und es war ungewohnt, dass sich mir jemand näherte. David und ich schliefen zwar auch in einem Bett, aber Berührungen fanden nur zufällig statt. Ich genoss diese ungewohnte Nähe und rutschte ein Stück an ihn ran.

Er sah so wunderschön aus mit seinen zotteligen Haaren und dem verschlafenen Blick. Als Farin jedoch begann, an meinen Füßen zu lecken, entschloss ich, aufzustehen und Frühstück zu machen. Zum Glück hatte ich eine angebrochene Packung Milch im Kühlschrank, die gerade so noch haltbar war. Müsli hatten wir immer im Haus, obwohl ich es nicht so gern mochte. Da ich bis jetzt nicht die Zeit zum Einkaufen gefunden hatte, musste das Müsli als Frühstück ausreichen.

Ich deckte unseren kleinen Wohnzimmertisch und rief Nico.

»Ich habe wirklich lange nicht mehr ausgiebig gefrühstückt. Dank der Arbeit kommt das leider immer zu kurz. Machst du das jeden Tag?«, fragte er mich.

»Nein, meistens nur, wenn meine Freundin Maya zu Besuch kommt. Ansonsten frühstücke ich eigentlich nie.«

»Wie sieht deine weitere Tagesplanung aus?«

»Ich habe zum Glück frei und wollte heute Nachmittag mit Maya in die Stadt. Ein wenig bummeln gehen. Und du?«

»Ich reise heute leider ab. Nach dem Frühstück werde ich zu meinen Eltern fahren und meine Sachen holen. Ich muss morgen wieder arbeiten.«

»Denk an dein Auto, das steht ja am Hamburger Berg.«

»Du kannst mich ja gleich dorthin begleiten, dann haben wir noch ein paar Minuten Zeit zusammen.«

»Das klingt gut.« Die Antwort stellte mich zufrieden, auch wenn ich wirklich traurig darüber war, dass Nico heute abreiste.

Das Frühstück war schön und es fühlte sich so vertraut mit ihm an.

»Luna, Luna, Luna! Mach die scheiß Tür auf!« Jemand hämmerte gegen den Eingang und ich sprang vor Schreck von meinem Stuhl hoch. Es war Lisa, Davids Schwester.

Ich hatte sie nur ein paar Mal gesehen und wir hatten uns nie sonderlich gut verstanden. Da David eh keinen großartigen Kontakt zu seiner Familie pflegte, wusste ich auch nicht viel über sie. Das Einzige war, dass sie in Lübeck lebten.

Ich öffnete die Tür.

»Wo zum Teufel steckt David?«, fragte Lisa mich. Sie war groß, hatte eine breite Hüfte und schlecht gefärbte blonde Haare. Entweder das oder der Ansatz sollte aussehen, als wäre sie seit Jahren nicht mehr beim Friseur gewesen.

»Ich weiß es nicht, aber woher weißt du überhaupt davon?«

»Die Polizei hat mich angerufen. Das wäre

eigentlich deine Aufgabe gewesen.«

»Ich hatte deine Handynummer nicht und auch sonst keine Möglichkeiten, dich zu kontaktieren.«

Das war ja nicht mal gelogen. Hätte ich ihre Nummer gehabt, hätte ich auch versucht, sie zu erreichen.

»Und wer ist das hier?« Lisa ging zum Wohnzimmertisch und zeigte empört auf Nico.

»Ich bin Nico, ein Bekannter von Luna. Sie war so höflich, mir einen Schlafplatz anzubieten.« Nico wirkte ein wenig verwirrt über Lisas plötzliches Erscheinen, aber verschreckt hatte es ihn wohl nicht. Zumindest saß er noch friedlich auf seinem Stuhl und machte keinen Anschein, dass er in den nächsten Minuten loswollte.

»Und wie ist jetzt dein Plan?«, fragte ich Lisa.

»Wir suchen nach David.«

»Meinst du nicht, dass ich das schon

gemacht habe?«

»Ja, wohl nicht gut genug, sonst wäre er schon wieder hier.«

Ich rollte mit den Augen und ließ die beiden allein. Ich ging ins Bad, schloss die Tür hinter mir und atmete erst einmal tief durch. Mein Schädel brummte und ein wenig übel war mir auch noch. Lisa konnte ich jetzt nicht gebrauchen und ich hatte keine Lust, mich mit ihr herumzuärgern.

Ich blickte in den Spiegel und sah eine Person, die mir fremd war. Nicht vom Optischen, nein. Ich sah vielleicht ein wenig verbraucht aus, aber das war es nicht. Die alte Luna würde nie einen Mann neben sich schlafen lassen, wenn sie in einer Beziehung war.

Aber war ich das denn? Machte es eine Beziehung nicht aus, dass man über alles reden konnte und dem anderen vertraute? Inzwischen glaubte ich nicht mehr, dass David etwas zugestoßen war. Mein Bauchgefühl sagte mir, dass er sich entweder eine andere Frau gesucht oder sich einfach nur aus dem Staub gemacht hatte.

Innerlich war ich sauer auf ihn und hatte keine Lust mehr, mich mit dem Thema auseinanderzusetzen, aber das musste ich. Zumindest so lange, bis er wieder aufgetaucht war und ich die Sache beenden konnte. Die letzten Tage hatten mir gezeigt, dass ich nicht mehr an eine gemeinsame Zukunft glaubte.

Ich wusch mir das Gesicht, putzte mir die Zähne und hoffte, dass der ekelhafte Alkoholgeschmack endlich aus meinem Mund verschwand. Ich zog mir schnell meinen liebsten Kapuzenpullover an und schwang mich in meine schwarze Sportleggings. Ich nutzte die Tage, an denen ich nicht arbeiten musste, kleidungstechnisch immer aus. Die Blusen und Blazer hingen mir inzwischen schon zum Hals raus und ich war froh, wenn sie mir mal einen Tag lang erspart blieben.

Fertig angezogen atmete ich noch einmal tief durch und ging wieder ins Wohnzimmer zurück. Lisa saß inzwischen auf einem Stuhl neben Nico und starrte stumm auf ihr Handy.

Nico stand auf und ging ebenfalls ins Badezimmer. Jetzt war ich mit Lisa allein und ahnte schon, dass ich mit Vorwürfen konfrontiert werden sollte.

Plötzlich begann Lisa zu weinen. Die Tränen liefen über ihre Wangen und sie schluchzte. Es klang so, als wollte sie etwas sagen, aber mehr als ein »hmm« kam nicht aus ihrem Mund. Sie atmete tief durch.

»Was ist los, Lisa?«, fragte ich erschrocken.

»Ich habe Angst.«

»Wovor?«

»Dass David schon wieder so einen Scheiß abgezogen hat.«

Ich verstand absolut gar nichts. »Wovon sprichst du?«

»Er ist schon mehrfach abgehauen, weil er früher regelmäßig für seine Kumpels Stoff vertickt hat. Sobald die Polizei ihm auf die Schliche kam, war er weg.«

Mir war bewusst, dass David kein Unschuldslamm war, aber dass er etwas mit Drogen am Hut hatte, war mir neu. Ihre Worte verwundert mich. Ich hätte viel erwartet, nur nicht das.

Nico kam komplett angezogen wieder aus dem Badezimmer. Er sah Lisa verwundert an.

»Ich muss jetzt auch bald los«, merkte er an.

»Ich begleite dich zu deinem Auto.«

»Ihr könnt mich doch jetzt nicht hier allein lassen. Ich komme mit.«

Ich hatte wirklich keine Lust, Lisa mitzunehmen, aber sie allein in unserer Wohnung lassen, das wollte ich bestimmt nicht.

Ich schnappte mir Farin und wir begleiteten Nico zu seinem Auto. Es war ein schöner Morgen, zwar etwas frisch, aber die Sonne strahlte.

In den zehn Minuten herrschte ein unangenehmes Schweigen zwischen uns. Als wir beim Auto ankamen, steckte mir Nico unauf-

fällig einen kleinen Zettel in meine Pullover-
tasche, von dem ich hoffte, dass es sich um
seine Telefonnummer handelte.

Ich umarmte ihn noch, ehe er in seinen
Wagen stieg. Zum Abschied winkte er uns zu.
Es fiel mir schwer, ihn gehenzulassen. Aber
jetzt, wo Lisa aufgetaucht war, war ich froh,
dass er weg war. Zuerst musste ich David
finden, dann könnte ich mich erst auf Nico
einlassen.

Mein Handy klingelte und die Nummer der
Polizei blinkte auf.

»Guten Tag, Frau Olsen. Wir haben neue
Informationen zu Ihrem vermissten Lebens-
gefährten, Herrn David Fuhrmann. Ich bitte
Sie, so schnell wie möglich auf die Polizeiwache zu kommen.«

»Alles klar, wir machen uns auf den Weg.«

Wir nahmen eine Abkürzung durch eine
Seitengasse und liefen so schnell wie möglich
zur Polizeiwache. Dort wurden wir schon

erwartet und konnten dieses Mal direkt ins Büro durchgehen. Wir nahmen nebeneinander Platz und waren beide sichtlich nervös. Zumindest kaute Lisa an ihren Fingernägeln.

»Wir haben bei der Untersuchung des Hanseatenkellers interessante Informationen gefunden«, begann der diensthabende Polizist. Er sah genauso aus, wie ich mir einen Polizisten vorgestellt hatte. Etwas älter, ich schätze so um die vierzig Jahre. Grau meliertes Haar. Er verzog keine Miene. »Es wurden mehrere Wettscheine eines Büros für Sportwetten gefunden. Alle ausgeschrieben auf Herrn Fuhrmann.«

Erleichterung durchfuhr mich – immerhin keine Drogen. Aber das würde zumindest erklären, warum er die Gehälter nicht mehr zahlen konnte.

Der Polizist fuhr fort. »Auf einigen Scheinen stand der Name Sonnenberg. Sagt Ihnen das etwas?«

»Ja, meine Freundin Maya heißt Sonnenberg mit Nachnamen.«

Lisa warf mir einen fast vorwurfsvollen Blick zu, als wäre das bereits Beweis genug für sie, dass sie etwas mit Davids Verschwinden zu tun hatte.

»Können Sie uns ihre Kontaktdaten geben? Das Wettbüro haben wir durchsucht, aber nichts Auffälliges gefunden. Es befindet sich in der gleichen Straße wie Ihr Laden. Vielleicht fällt Ihnen ja noch etwas ein.«

Ich gab ihm Mayas Adresse und hatte ein mulmiges Gefühl. Ich fragte mich die ganze Zeit, was Maya damit zu tun hatte.

Wir verabschiedeten uns von dem Polizisten und gingen zurück in die Richtung der Reeperbahn.

»Was hast du jetzt vor?«, fragte mich Lisa.

»Ich will zu dem Wettbüro gehen. Vielleicht finden wir ja etwas raus. Hat er denn schon öfter gewettet? Also früher?«

»Nicht, dass ich wüsste. Ich frage mich gerade viel mehr, was deine Freundin damit zu tun hat.«

»Das frage ich mich allerdings auch.«

Maya war eigentliche eine sehr stille und ruhige Person, hilfsbereit und zuverlässig. Jedoch kam es mir in der letzten Zeit häufig so vor, als schwärmte sie für David. Sie schaute ihn immer so verträumt an und lenkte gerne das Thema auf ihn. Maya war bisexuell, zumindest behauptete sie das. Beziehungen hatte sie allerdings bis jetzt nur zu Frauen gehabt. Ihre Sexualität war bisher aber nie ein großes Thema zwischen uns gewesen.

Wir erreichten das Wettbüro. Ein unscheinbarer Laden. Die Jalousien waren zugezogen und es hing ein Schild, dass sie geschlossen hätten, an der Tür. Das Wettbüro kam mir nie sehr belebt vor. Ich hatte einige Male ein paar Männer dort reingehen sehen, mehr aber auch nicht. Von David hatte ich nie gehört, dass er den Laden überhaupt kannte.

Lisa klopfte an die Tür und ein dunkel gekleideter Mann lugte unter der Jalousie hervor.

»Was wollt ihr? Wir haben geschlossen!«, rief er eindringlich.

»Wir suchen meinen Freund. David Fuhrmann. Schon mal gehört?« Irgendwie würde ich in den Laden reinkommen, wenn nicht, würde ich hier so lange warten bis der erste Mitarbeiter hier wäre.

Ein großer Mann mit kräftiger Statur, etwa Mitte vierzig, öffnete die Tür und ließ uns widerwillig hinein.

»Ich kenne keinen David und hier seid ihr definitiv an der falschen Adresse«, sagte er pampig.

Lisa machte kurzen Prozess und schaute sich in dem Wettbüro genauer um. Es war ein überschaubarer Vorraum mit mehreren Stühlen und einem kleinen Tresen. Ich zückte mein Handy aus der Tasche und suchte nach einem Foto von David. Aufdringlich drückte ich ihm den Bildschirm vor die Nase und es schien so, als dachte der Mann nach.

»Doch, doch ich kenne ihn!«, fiel es ihm wieder ein.

»Er war ein paar Mal mit seiner Freundin hier und hat nach Jonas verlangt.«

Die Antwort machte mich stutzig. Erstens war ich seine Freundin und zweitens kannte ich keinen Jonas und hatte auch noch nie von einem gehört. Vielleicht kannte ich David doch nicht so gut, wie ich gedacht hatte.

»Wie sah seine angebliche Freundin denn aus?«, fragte ich nach.

»Rote Haare, schlank, relativ groß.«

Maya. Nachdem die Polizei schon von ihr gesprochen hatte, hätte es mir eigentlich klar sein sollen.

Ich ging vor die Tür und wählte ihre Nummer.

Weggedrückt.

Ich brauchte erstmal ein paar Minuten Zeit zum Durchatmen.

Lisa durchstöberte weiter das Büro, zumindest kam sie nicht raus.

Meine Kehle brannte vom gestrigen Alkohol und ich fühlte mich wie betäubt. Um mich herum war alles verschwommen und ich kam mir vor, als schwebte ich in einer Seifenblase. Die ganze Situation war so unreal.

Ich lief auf der Straße auf und ab und wartete, dass Lisa wieder herauskam. Um selbst noch einmal reinzugehen, fehlte mir die Kraft.

»Das kann ja wohl nicht angehen, Luna. Der Penner weiß doch bestimmt mehr. Wir sollten die Polizei rufen. Die haben garantiert was übersehen.«

»Ich glaube, wir sollten Maya erstmal einen Besuch abstatten«, widersprach ich mit einem unguten Gefühl im Bauch. »Bestimmt ist David bei ihr.«

Kurzerhand beschlossen wir, uns auf den Weg zu Maya zu machen. Sie lebte in einer kleinen WG in Winterhude. Ich war lange nicht mehr dort gewesen, da sie im Gegensatz zu mir ein Auto besaß und dementsprechend immer zu mir kam.

Maya kam aus einem wohlhabenden Eltern-
haus, darüber reden tat sie hingegen nie.
Luxusprodukte waren ihr nicht wichtig, das
einzige Privileg, das sie genoss, war die Möglichkeit des Studierens. Des reinen Studiums,
ohne abends arbeiten zu müssen und am
Monatsende auf jeden Cent zu achten. Sie
wusste, wie privilegiert sie war, und achtete
zumindest auf gute Noten in der Uni, die
Anwesenheit war nicht ihre Spezialität.

Ich kannte Maya schon fast mein ganzes
Leben lang, dementsprechend würde ich ihr
nie zutrauen, mich in irgendeiner Form zu
hintergehen.

Wir klingelten an Mayas Haustür und ihre
Mitbewohnerin Tatiana ließ uns hinein. Maya
war in ihrem Schlafzimmer.

Es war eine recht große Wohnung. Jede von
ihnen hatte ihr eigenes Zimmer, es gab ein
ausladendes Wohnzimmer, eine Küche und

zwei Badezimmer. Die Wohnung war wirklich schön eingerichtet, Maya liebte ebenfalls den skandinavischen Stil und dementsprechend sah hier alles aus wie im bekannten Schwedenmöbelhaus.

Ich ging vor in ihr Zimmer und Lisa kam hinterher. Maya saß weinend auf ihrem Bett. Ich setzte mich neben sie und reichte ihr ein Taschentuch aus meiner Handtasche. Ihre feuerroten Haare waren zu einem zerzausten Dutt zusammengebunden und sie hatte nur einen Bademantel an. Ihr Gesicht war schwarz von ihrer Mascara und sie konnte kaum reden, so aufgewühlt war sie.

»Was ist los, Maya?« Ich wollte sie erst einmal beruhigen.

»Ich bin an allem schuld.«

Sie schluchzte und ich konnte sie gerade so verstehen.

Ich wechselte einen Blick mit Lisa. Ob dieses Geständnis mit David zu tun hatte?

»Woran bist du schuld?«, wollte ich wissen.

»Dass David verschwunden ist.«

Lisa baute sich vor Maya auf. »Jetzt endlich raus mit der Sprache. Was ist vorgefallen und wo zum Teufel ist mein Bruder?«

Lisa wurde wütend und das verdeutlichte ihre Stimme uns auch.

Maya wischte sich die Tränen aus dem Gesicht und erzählte. »Vor einem Jahr lernte ich Jonas kennen. Er hat mich im Hanseatenkeller angesprochen und nach meiner Handynummer gefragt. Wir trafen uns einige Male. Ich verliebte mich in ihn und er machte mir Hoffnungen, dass er mich auch lieben würde. Ich habe dir nichts davon erzählt, weil ich warten wollte, ob es etwas Ernstes wird. Auf jeden Fall gehört Jonas ein Wettbüro auf der Reeperbahn. Gleich neben eurer Wohnung und dem Hanseatenkeller. Ich hatte nur Augen für ihn und konnte mich kaum noch konzentrieren. Ich ging immer seltener in die Uni, um Zeit mit ihm zu verbringen. Meine Noten wurden schlechter und meine Eltern strichen mir mein Taschengeld. Die Wohnung bezahlten sie weiter, aber mir fehlte ja das Geld zum Leben.«

»Wieso hast du denn nicht einfach mit mir geredet?«, unterbrach ich sie.

»Du hattest gerade erst einen neuen Job angefangen und ich wollte dich mit meinem Scheiß nicht belasten. Vor ein paar Wochen habe ich David dann nach einem Job im Hanseatenkeller gefragt, aber er hatte keine Kapazitäten mehr. Wir unterhielten uns lange und ich erzählte ihm von Jonas. Zu meiner Überraschung kannte er ihn bereits. Er verriet mir, dass sein Laden in der letzten Zeit schlechter lief, und um die Gehälter zu zahlen, ging er in Jonas' Wettbüro und wettete auf Fußballspiele. Er hatte wohl einiges an Glück und immer gewonnen. Ich kam auf die Idee, ebenfalls mein letztes Geld zu verwetten und begleitete David. Am Anfang ging das auch immer gut, aber irgendwann habe ich nur noch verloren. Erst die Wetten und dann mein ganzes Geld. Ich habe Jonas angefleht, dass er mir etwas leiht. In der Hoffnung, dass ich einige Zeit später alles zurückgewinnen könnte, lieh ich mir immer mehr und mehr. David kam dem gleich und wir verfielen irgendwann in einen richtigen Rausch. Vor zwei Wochen fing Jonas an, mich zu bedrohen, wenn ich ihm nicht sofort das Geld geben würde, dann würde mir etwas passieren. David hatte ebenfalls einiges an Schulden und deshalb denke ich, dass ihm etwas widerfahren sein könnte. Er wollte doch nur seinen Laden retten.«

»Warum hast du dann nicht die Polizei gerufen? Oder ihr zumindest etwas gesagt?«

Ich konnte in Lisas Gesicht erkennen, dass sich eine Mischung aus Wut und Verständnis in ihrem Kopf stritten. Ich wusste ebenfalls nicht, ob ich wütend sein oder Mitleid mit Maya haben sollte.

»Ich hatte Angst. Jonas meinte, wenn ich zur Polizei gehe, dann würde mir ebenfalls etwas passieren und ich würde ihm das auch zutrauen. Er ist skrupellos und hatte die ganze Zeit nur vor, mir das Geld aus den Taschen zu ziehen.«

»Du hättest mit mir reden müssen«, warf ich ein.

»Ich habe mich nicht getraut. Ich dachte, ich könnte das Problem allein lösen, aber es lief immer mehr aus dem Ruder.«

»Wo wohnt denn dieser Jonas?«, hakte Lisa nach.

»In der Simon-von-Utrecht-Straße, direkt hinter der Reeperbahn.«

»Dann lasst uns direkt los«, sagte ich.

Maya zog sich schnell ihre Klamotten an und wir machten uns mit ihrem Nissan Micra auf den Weg zum Kiez.

Die ganze Fahrt über herrschte ein unangenehmes Schweigen zwischen uns und mein Kopf drohte zu explodieren. Ich bekam Angst. Angst vor dem, was mich gleich erwarten würde. Auf der einen Seite war ich unheimlich wütend auf Maya, weil sie die ganze Zeit über nicht mit mir geredet hatte. Auf der anderen hatte ich Mitgefühl und konnte sie verstehen. Ich war zwischen meinen Gefühlen hin und her gerissen.

Jonas wohnte in einem schönen alten Hamburger Haus an der Ecke Simon-von-Utrecht-Straße und der Detlev-Bremer-Straße.

Maya ergriff die Initiative, steuerte auf die Haustür zu und klingelte Sturm. Kurze Zeit später ertönte der Summer der Klingel und die Tür öffnete sich. Ein junger Mann, ich schätzte ihn auf Ende zwanzig, stand vor uns. Er hatte braunes Haar und sah aus, als verbrachte er die Hälfte seiner Zeit im Fitnessstudio. Angsteinflößend wirkte er aber nicht.

Maya wartete nicht lang und stürmte an ihm vorbei. Lisa und ich folgten ihr.

Seine Wohnung war riesig, die Möbel hell und die großen Fensterfronten fluteten die Räume mit Licht.

»Was kann ich für euch tun?«, fragte er und sowohl optisch als auch von seinem Auftreten her passte er überhaupt nicht zu Maya. Aber ich konnte verstehen, was sie an ihm gut fand.

»Wo hast du David versteckt?«, schrie Maya ihn wütend an.

»Ich habe ihn nicht versteckt«, gab er ruhig zurück und es wirkte auf mich nicht so, als hätte er etwas zu verheimlichen.

Lisa sah das Ganze hingegen anders. Sie durchsuchte die Räume. Als sie die Tür des Schlafzimmers öffnete, schrie sie auf. Es war ein hysterischer Schrei, der durch meine Knochen ging. Ich zuckte zusammen.

Maya rannte ebenfalls zum Schlafzimmer. Ich kam ihr nach und der Anblick, der sich mir offenbarte, ließ mich erstarren.

David lag gefesselt auf dem Boden. An seinem Kopf leuchtete eine rote Platzwunde und sein weißes T-Shirt war mit Blut durchtränkt. Es roch nach Urin und geronnenem Blut.

Ich stürmte zu ihm und fühlte seinen Puls. Sein Herz schlug, wenn auch sehr langsam. Lisa rannte ins Wohnzimmer und rief einen Krankenwagen und die Polizei.

Jonas wollte flüchten, er versuchte, nach etwas unter seinem Hemd zu greifen – vielleicht eine Waffe. Aber er hatte seine Rechnung ohne Maya gemacht. Sie stürmte auf ihn zu, schnappte sich eine Vase von dem Beistelltisch neben der Eingangstür und schlug sie ihm mit voller Wucht auf den Kopf.

Jonas fiel zu Boden und blutete stark. Sie überprüfte kurz seinen Puls, er lebte.

Die zehn Minuten, bis der Krankenwagen eintraf, kamen mir vor wie Stunden.

Ich hockte neben David und hielt seine Hand. Die Tränen strömten über mein Gesicht und ich war Lisa unglaublich dankbar, dass sie so einen kühlen Kopf bewahren konnte.

David blutete stark und war nicht bei

Bewusstsein. Ich redete trotzdem die ganze Zeit mit ihm, in der Hoffnung, dass er mich vielleicht hören konnte. Ich wollte einfach nur für ihn da sein.

Lisa ließ die Rettungssanitäter herein und kurze Zeit später folgten auch schon die Polizeibeamten. Am liebsten wäre ich nicht von Davids Seite gewichen, aber die Sanitäter mussten ihren Job machen.

Sie trugen ihn auf einer Trage hinunter und ich wollte mitfahren, aber ich konnte es nicht. Ich musste erstmal den Schock verarbeiten und wollte für David da sein, wenn ich mich bereit fühlte.

Er wurde ins nächstgelegene Krankenhaus transportiert und ich würde benachrichtigt werden, sobald es etwas Neues gäbe.

Die Polizei entschied, dass es das Beste wäre, wenn Jonas zunächst ins Krankenhaus käme. Anschließend wollten sie ihn befragen.

Ich war verwirrt, verängstigt und wollte nur noch in mein Bett.

Freitag

24. SEPTEMBER 2021

Es war recht früh, als ich den Anruf bekam, dass wir David besuchen dürften. Ich hatte nicht auf die Uhr geschaut, aber es war bestimmt vor acht.

Lisa übernachtete für die Zeit bei uns auf dem Sofa und begleitete mich ins Krankenhaus. Ich war wirklich dankbar für ihre Hilfe.

Als wir im Krankenhaus ankamen, bekam ich Angst. Ich wusste nicht, wie ich David gegenübertreten oder was ich ihm sagen sollte.

Auf der einen Seite hätte ich ihn am liebsten mit Vorwürfen bombardiert, auf der anderen war ich nur froh, dass es ihm gut ging. Er lag nicht mehr auf der Intensivstation, sondern wurde auf die normale Station für Unfallchirurgie verlegt.

Sein Zimmer war klein, aber sehr hell und freundlich eingerichtet. Es gab zwei Betten, einen Tisch, zwei Stühle und ein dazugehöriges Badezimmer. Das andere Bett war leer, aber es sah aus, als wäre es gerade erst verlassen worden. Die Bettwäsche lag unordentlich darin und Zeitschriften auf dem Nachtschrank.

David lag in seinem Bett und schaute zum Fernseher. Er trug einen Verband um den Kopf und einen Gips am Arm. Er gab mir einen Kuss auf die Stirn zur Begrüßung und ich bat Lisa, kurz das Zimmer zu verlassen, damit wir allein waren.

»Wie geht es dir?«, fragte ich David.

»Wie soll es mir schon gehen? Mein Kopf brummt und mir tut alles weh. Ich habe keine Ahnung, was passiert ist.«

»War die Polizei schon da?«

»Ja, sie waren heute Morgen hier und befragten mich. Sie wollten wissen, ob ich mich an etwas erinnern kann und wie ich in die Wohnung gekommen bin. Ich habe keinen blassen Schimmer.«

Es mochte sein, dass die Kopfverletzung einen Teil seiner Erinnerungen ausgelöscht hatte, aber ich glaubte ihm nicht, dass er gar nichts mehr wusste.

»Kannst du dich denn noch an Jonas erinnern?«, fragte ich nach.

»Mann, Luna, warum fängst du denn mit dem Scheiß an? Ich habe dir doch gerade gesagt, dass ich nichts mehr weiß.«

Ich hätte es ihm liebend gern geglaubt, aber ich konnte es nicht. Es wäre nicht das erste Mal, dass er mich belog, und ich hasste es.

Lisa kam mit zwei Kaffeebechern wieder herein und reichte mir einen. Ich nahm ihn dankend an, denn einen Koffeinschub konnte ich nun wirklich gebrauchen.

»Hast du Mama gesagt, dass ich hier bin?«, fragte David und schaute Lisa traurig an.

»Ja, habe ich, aber sie wollte nicht vorbeikommen.«

David sah niedergeschlagen auf seine Bettdecke und trank einen Schluck aus seinem Wasserglas.

Lisa nahm sich einen Stuhl und setzte sich zu David ans Bett.

»Ich bleibe so lange hier, bis es dir besser geht«, versprach sie und streichelte vorsichtig über seine Stirn.

David lächelte.

Wir saßen noch eine ganze Weile an seinem Bett und leisteten ihm Gesellschaft.

Zweifel gegenüber Davids Geschichte plagten mich. Ich konnte mir nicht vorstellen, dass er nichts mit der Sache zu tun hatte.

Samstag

25. SEPTEMBER 2021

Es klopfte an der Tür und Maya kam mit einer Tüte frischer Brötchen herein.

»Ich habe ein Attentat auf euch vor«, sagte sie und lachte energisch.

»Wie bitte? Was hast du denn geplant?«, fragte ich.

»Ich glaube, ihr könntet beide ein wenig Abwechslung vertragen, aber zieht euc an. Ich bereite in der Zeit das Frühstück vor.«

Ich schlurfte ins Badezimmer und zog mir eine Jeans und den Pullover von gestern an. Wusch mein Gesicht und putzte mir schnell die Zähne. Lisa ging nach mir ins Bad und ich nahm schon mal am Esstisch Platz.

Maya hatte liebevoll den Tisch gedeckt und an alles gedacht. Ich stürzte mich auf die Brötchen und die eiskalte Cola, während Maya rausging, um zu telefonieren.

Lisa war in der Zwischenzeit auch fertig und setzte sich auf den Stuhl neben mir.

»Weißt du, was sie vor hat?«, fragte mich Lisa und biss genüsslich von ihrem Krabbenbrötchen ab.

»Ich habe absolut keine Ahnung, aber das Frühstück war eine gute Idee. Ich hab so einen Hunger.«

Maya kam wieder herein und strahlte über das ganze Gesicht. »Ihr müsst euch ein wenig beeilen. Wir müssen gleich los.«

»Wohin?«

»Das verrate ich nicht. Aber euch wird es danach besser gehen. Das kann ich versprechen.«

»Mann, Maya, jetzt rück raus mit der Sprache. So lange David im Krankenhaus liegt, bin ich nicht gerade in der Stimmung, etwas zu unternehmen«, sagte ich genervt.

»Ihm geht es doch inzwischen gut. Er ist nur noch zur Beobachtung da. Ihr solltet euch auch mal um euch kümmern, ihr seht schon ganz verwahrlost aus.«

Wir beeilten uns mit dem Frühstück und liefen zu Mayas Auto. Ich nahm hinten Platz und Lisa vorne.

Die Fahrt dauerte einige Minuten und als Maya parkte, waren wir in Altona. Wir stiegen aus und Maya steuerte direkt auf einen Frisörsalon auf der anderen Straßenseite zu.

»Ist das dein Ernst? Meinst du wirklich, dass ich mich mit einer neuen Frisur besser fühle?«

»Luna, jetzt sei nicht so eine Spaßbremse. Neue Haare, neuer Mensch. Ja, ja, das klingt kitschig, aber manchmal hilft das.«

Der Salon sah modern und edel aus. Wir nahmen auf verschiedenen Stühlen nebeneinander Platz und Maya flüsterte dem Frisör etwas zu. Anschließend wurden die Spiegel abgehängt.

»Ich möchte nur die Spitzen geschnitten haben«, sagte ich freundlich.

»Ihre Freundin hat mich bereits informiert. Keine Sorge, lehnen Sie sich einfach zurück und entspannen Sie.«

Meine Haare waren mir heilig. Nach jahrelanger Blondierung hatte ich beschlossen, zu meiner Naturfarbe zurückzukehren, dunklem Braun, und ließ meinen Ansatz herauswachsen. Nur ein paar helle Strähnen waren übrig geblieben, aber mir gefiel dieser Look.

Ich hatte schon länger mit dem Gedanken gespielt, mir die Haare bunt zu tönen, aber dafür fehlte mir der Mut.

Die Entspannung wirkte, denn ich schlief ein. Ich merkte nur, dass jemand mir eine Flüssigkeit auf die Haare schmierte, aber der Frisör versicherte mir, dass es sich um eine Haarkur handelte. Ich vertraute ihm und eine Stunde später deckte er den Spiegel wieder ab.

Ich sah zu Lisa rüber und erschrak.

Sie war platinblond und strahlte über das ganze Gesicht. Maya hatte derweil rosa Haare und einen etwas längeren Bob.

Und ich?

Meine Haare waren blau, nein, eher türkis.

Aber es sah wirklich gut aus.

»Hatte ich nicht gesagt, dass ich nur die Spitzen ab will?«, sagte ich.

»Hat mich das jemals interessiert, was du sagst? Du hast oft genug von einer Veränderung gesprochen und jetzt war es an der Zeit. Es sieht doch gut aus«, sagte Maya.

Und sie hatte recht. Ich sah wie ein komplett anderer Mensch aus.

Maya lud uns ein und bezahlte unsere neuen Frisuren. Da ich immer meine Kamera in der Tasche hatte, beschloss ich, ein Bild von uns dreien zu machen, um es später auszudrucken. Man wusste ja nie, ob sich nicht vielleicht ein passender Moment fand, und ich war gerne auf alles vorbereitet.

Freitag

01.OKTOBER 2021

Es verging knapp eine Woche, bis David aus dem Krankenhaus entlassen wurde. Ich nahm mir Urlaub, denn zum Arbeiten fühlte ich mich nicht in der Lage. Lisa und ich besuchten ihn jeden Tag und ich war nervös, dass er nun nach Hause kam.

Wir brachten die Wohnung schnell auf Vordermann und während Lisa saugte, klingelte es an der Tür. Ich rechnete fest mit David, doch es war die Polizei. Ich war erschrocken und wusste nicht so recht, was mich erwarten würde.

Ich öffnete die Tür und ließ die Beamten in die Wohnung, zum Glück sah hier inzwischen alles vorzeigbar aus. Heute Morgen hätte ich niemanden hereinlassen können.

»Guten Morgen, die Damen«, begrüßten sie uns freundlich.

»Guten Morgen«, gab ich angespannt zurück. Ich machte mir Sorgen, dass David vielleicht doch mehr mit der Sache zu tun hatte und konnte kaum einen klaren

Gedanken fassen.

»Wir haben neue Informationen im Fall Ihres Freundes. Den Inhaber des Wettbüros, Jonas Ermhausen, haben wir vorläufig festgenommen. Dieser hat ausgesagt, dass Ihr Freund, Herr David Fuhrmann, ebenfalls mit den Geschäften zusammenhängt. Es steht der Tatverdacht der Geldwäsche im Raum und wir würden ihn gern befragen. Ist er denn schon wieder hier? Das Krankenhaus sagte uns, dass er heute Morgen entlassen wurde.«

Ich zitterte am ganzen Körper und so langsam überraschte mich nichts mehr. Geschockt war ich trotzdem und wollte die Sache hier nur noch hinter mich bringen. Innerlich hatte ich schon mit dem Gedanken an eine gemeinsame Zukunft mit David abgeschlossen. Ein klärendes Gespräch wollte ich dennoch mit ihm führen.

»Nein, er ist noch nicht wieder da. Sie können aber gern hier auf ihn warten«, sagte ich.

»So viel Zeit haben wir leider nicht. Hier haben Sie meine Karte, und wenn Herr Fuhrmann wieder da ist, soll er sich auf dem Revier melden.«

Die Polizeibeamten verließen die Wohnung und Lisa nahm auf dem Sofa hinter mir Platz.

»Das kann doch alles nur ein schlechter Scherz sein. Sag mir bitte, dass das nicht wahr ist.« Sie klang hysterisch und aufgebracht, was in der aktuellen Situation nicht verwunderlich war.

»Ich weiß überhaupt nicht, wie ich mit David umgehen soll, wenn er nach Hause kommt. Ich habe das Gefühl, dass ich ihn nicht mal richtig kenne.«

»Frag mich mal«, sagte Lisa.

»Kannst du mir einen Gefallen tun?«

»Na klar, was denn?«

»Sprich ihn bitte nicht auf die Sache an. Ich würde das gern übernehmen.« Ich wusste ja, wie aufbrausend sie sein konnte, und wollte ihn Ruhe mit David reden. »Ich rufe dich an, sobald ich mehr weiß.«

Lisa nickte, wenn auch widerwillig.

Wir schwiegen eine Zeit lang und ich legte mir in Gedanken schon einige Sätze zurecht.

Ein Schlüssel drehte sich in der Tür und David kam in die Wohnung. Farin sprang auf ihn zu und David nahm ihn auf den Arm.

»Na, meine Hübschen, habt ihr mich vermisst?«

Mir wurde übel bei dem Gedanken, dass er uns die ganze Zeit ins Gesicht log und trotzdem noch so guter Laune war.

Der Verband an seinem Kopf war verschwunden, eine Narbe zierte jetzt seine Stirn. Ich schätzte, es waren zehn Stiche, so genau konnte ich es allerdings aus der Ferne nicht erkennen. Es sah wirklich schmerzhaft aus.

Lisa gab ihm eine Umarmung, schnappte sich ihre Koffer und machte sich auf den Nachhauseweg. Es war abgesprochen, dass sie sich nur noch von Davids Gesundheit versicherte und dann verschwand.

Nun war ich mit ihm allein. Ein komisches Gefühl und mir war unwohl dabei.

David nahm neben mir auf dem Sofa Platz und legte seinen Arm um mich. Er sah kraftlos und müde aus und eher so, als gehörte er ins Bett. Vielleicht war jetzt nicht der beste Zeitpunkt, um mit ihm zu reden, aber ich konnte es nicht noch weiter hinauszögern. Diese ganze Ungewissheit plagte mich schon seit Wochen.

David schaltete den Fernseher an und legte die Füße hoch. Es wirkte, als hätte er vor, so weiterzumachen wie zuvor. Ich ging im Kopf einige Sätze durch, die ich unbedingt zu ihm sagen wollte. Atmete tief ein und nahm all meinen Mut zusammen.

»Sag mal, David, was ist eigentlich wirklich vorgefallen?«

»Wie meinst du das, Schatz?« Er wirkte abwesend.

»Wieso hast du unser Geld und das des Hanseatenkellers verzockt?«

Er warf genervt die Hände in die Luft, ehe er sich vom Fernseher ab und mir zu wandte. »Mann, Luna, ich hab es doch nur für uns getan. Der Laden lief immer schlechter und ich hatte Angst, die Gehälter nicht mehr zahlen zu können.« Er nahm meine Hand und wirkte sichtlich nervös. »Am Anfang ging ja auch alles gut, aber irgendwann verlor ich die ganze Zeit. Es war wie ein Rausch. Ich konnte nicht mehr aufhören.«

Ich riss mich von ihm los und sprang auf. »Du hättest mit mir reden müssen. Du hast nicht nur den Laden aufs Spiel gesetzt, sondern auch unsere Beziehung. Jetzt mal im Ernst. Wie schlecht steht es um den Hanseatenkeller? Kannst du die Miete und die Gehälter weiterhin bezahlen? Und was ist mit unserer Wohnung? Ist die auch in Gefahr?«

»Die letzten beiden Mieten für den Laden und unsere Wohnung konnte ich nicht mehr bezahlen. Es reichte gerade noch so für ein paar Gehälter.«

Ich glaubte ihm kein Wort, immerhin hatte ich eine Menge Geld unter dem Kühlschrank gefunden.

»Verdammt, David! Jetzt rede endlich Klartext! Was bedeutet das alles genau?« Ich wurde immer wütender und musste mich wirklich zusammenreißen, nicht völlig auszurasten. Ich hatte Angst. Nicht nur, dass unsere Beziehung gerade den Bach runterging, sondern auch, ohne Wohnung dazustehen.

»Der Vermieter hat vor zwei Wochen die fristlose Kündigung eingereicht. In etwa drei Monaten müssen wir hier raus. Die ausstehenden Mieten für den Laden hat Johann übernommen.«

»Mann, David, das kann doch nun wirklich nicht angehen. Wo sollen wir denn jetzt hin?«

»Ich weiß es nicht, Luna. Ich weiß es leider wirklich nicht.«

»Und was meinte die Polizei mit Geldwäsche? Du sollst dich übrigens gleich an der Davidswache melden, die haben noch einige

Fragen. Verdammte Scheiße, David, ich weiß wirklich nicht mehr, wie lange ich das noch ertragen soll. Wieso hast du nur auf Maya gehört?«

»Ja, ich melde mich gleich auf der Wache.« Er wirkte nervös. »Ich wollte Maya doch am Anfang nur helfen und irgendwann bin ich in die ganze Scheiße reingerutscht. Ich hoffe einfach, dass du mir verzeihen kannst. Bitte, Luna, ich weiß nicht, wie ich aus dem Mist wieder rauskommen soll.«

Ungläubig schüttelte ich den Kopf. »Meinst du wirklich, dass ich dir so einfach verzeihen werde? Hast du mir denn jetzt mit allem die Wahrheit gesagt?«

»Ja, so gut wie mit allem.«

Langsam verlor ich wirklich die Geduld. »David, was zum Teufel verschweigst du mir denn noch? Jetzt rück doch endlich mal raus mit der Sprache. Ich kann nicht mehr!«

Er atmete tief durch und ließ den Blick sinken. »Gegen Ende deines Studiums habe ich mich von dir vernachlässigt gefühlt. Du hattest immer weniger Zeit für mich und bist kaum noch abends mit in den Laden gekommen. Du hast mir das Gefühl gegeben, dass dir unsere Beziehung egal wäre. Als du dann ins Volontariat gegangen bist und den halben Tag aus dem Haus warst, haben wir überhaupt keine Zeit mehr miteinander verbracht. Der Laden lief immer schlechter und ich brauchte einfach Ablenkung. Die Einzige, mit der ich reden konnte, war Laura. Ich hab mich ihr anvertraut und sie hat versucht, mich auf andere Gedanken zu bringen.«

»Jetzt sag mir bitte nicht, dass du eine Affäre mit Laura hattest«, presste ich zwischen den Zähnen hervor.

Rasch schüttelte er den Kopf. »Nein, ich weiß doch, dass ihr befreundet seid. Ich habe sie ein paar Mal auf der Arbeit im Laufhaus besucht und lernte Stefanie kennen. Sie arbeitete ebenfalls dort und ich verbrachte immer mehr Zeit bei ihr. Irgendwann lief es dann auf mehr hinaus und ich war fast jeden Abend bei ihr.«

»Du hast mich nicht ernsthaft mit einer Prostituierten betrogen, oder?«

»Mann, Luna, sie hat aufgehört, dort zu arbeiten, aber ich kam nicht von ihr los. Ich wollte ja mit dir reden, es kam nie der richtige Zeitpunkt. Du bist mir wichtiger und ich will nur mit dir zusammen sein.«

»Ist das dein Ernst, David? Du fährst den Laden an die Wand, verspielst unsere Miete, gehst mir fremd und ich soll bei dir bleiben? Ich glaube nicht, dass das noch etwas wird mit uns. Ich wollte die ganze Zeit schon mit dir reden, weil es mir ähnlich ging wie dir. Ich werde erstmal ausziehen. Das wäre, glaube ich, das Beste für uns beide.«

Ich ging ins Schlafzimmer, um ein paar Klamotten einzupacken, und stürmte aus unserer Wohnung. David reagierte überhaupt nicht auf mich und ich bezweifelte, dass er wirklich um unsere Beziehung kämpfen wollte.

Ich bekam Gewissensbisse bei dem Gedanken an Nico. Ich hatte David ja auch hintergangen. Direkt fremdgegangen war ich ihm zwar nicht, aber das war ja bekanntlich immer Auslegungssache. Er schwirrte noch in meinen Gedanken herum, aber es kam mir nicht in den Sinn, mich bei ihm zu melden. Es fühlte sich einfach falsch an. Ich wollte Kontakt zu ihm, wegen ihm und nicht, um einen Lückenbüßer für David zu suchen.

Draußen vor der Tür überlegte ich eine Weile, ob ich nun zu Maya gehen sollte oder lieber ins Hotel. 690€ hatte ich für diesen Monat noch. Für ein paar Tage im Hotel würde das reichen, aber es war wirklich keine Dauerlösung. Zumindest verschaffte es mir Zeit, um in Ruhe nachzudenken, wie es nun weitergehen sollte.

Ich lief die Reeperbahn rauf und runter und kam zu keinem Entschluss, was ich jetzt machen sollte. Maya wäre eine Lösung, zumindest so lange, bis ich mir ein wenig klarer um meine Gedanken war.

Ich zog mein Handy aus der kleinen rosé-goldenen Tasche und wählte ihre Nummer. Als sie nach mehreren Versuchen den Hörer nicht abnahm, legte ich auf.

Vielleicht war es auch das Beste, ich wüsste nicht, wie ich ihr aktuell gegenübertreten sollte. Einen Teil der Schuld suchte ich auch bei ihr.

Es wurde langsam dunkel auf dem Kiez und die neonfarbenen Schilder der Clubs leuchteten um die Wette. In der großen Freiheit lag ein kleines Hostel, das könnte reichen. Schließlich brauchte ich ja nur einen Platz zum Schlafen und Nachdenken.

Das Hostel war unscheinbar, aber machte von innen einen einladenden Eindruck. Alles war sehr modern und schlicht gehalten. Besonders die Bilder von Hamburg an den Wänden gefielen mir gut.

Eine kleine blonde Frau stand am Tresen und lächelte mir zu. Ich schätzte, sie war nicht viel älter als ich oder hielt sich nur gut.

»Kann ich Ihnen helfen?«, fragte sie mich freundlich.

»Ja, ich suche ein Zimmer. Am besten ein Einzelzimmer, aber es darf nicht zu teuer sein.«

»Für wie lange benötigen sie es denn?«

»Puh. Das kann ich Ihnen gar nicht so genau sagen. Erstmal für ein paar Tage.«

Sie schaute in dem Computer nach und scrollte mehrfach herum. Der Ausdruck in ihrem Gesicht machte mir keine großen Hoffnungen, dass ich heute noch ein Zimmer bekäme.

»Sie haben wirklich Glück. Ein einziges Einzelzimmer habe ich noch. Es liegt bei fünfunddreißig Euro die Nacht. Ohne Verpflegung.«

»Ja, das wäre perfekt. Ich nehm's.«

Sie kramte in der Schublade des Tresens herum und gab mir schließlich eine kleine Checkkarte. Ich bedankte mich und machte mich auf den Weg zu meinem Zimmer. Es lag im dritten Stock des Hostels. Vermutlich war es eigentlich kein Einzelzimmer, denn zwei Hochbetten standen an den Wänden und es war sehr groß. Zu meinem Glück war alles sehr sauber und gemütlich eingerichtet.

Ich schmiss meine Taschen auf eins der Betten, machte mich ein wenig frisch und legte mich erstmal hin. Der ganze Stress mit David nagte nicht nur psychisch an mir. Nein, auch mein Körper konnte langsam nicht mehr.

»Luna, magst du mir mal die Cola reichen?«, sagte Nico und zeigte auf den Kühlschrank.

»Ja, natürlich, mein Schatz«, gab ich zurück. Ich reichte ihm die Flasche und holte mir ebenfalls ein Glas aus dem Küchenschrank. Ich stupste mit meinem Bauch gegen die Arbeitsplatte. Er war kugelrund und nicht zu übersehen.

»Ich habe morgen frei bekommen und

begleite dich zur Geburtsanmeldung.« Nicos Stimme klang ruhig und liebevoll und ein Strahlen breitete sich in seinen Augen aus. Er wirkte rundum zufrieden.

»Oh, wie schön. Hast du schon geklärt, wer Emma nimmt, sobald die Wehen einsetzen?«

»Ja, das habe ich. Meine Mutter nimmt sie und auch ein paar Tage nach der Geburt.«

Ein kleines Mädchen kam aus dem Wohnzimmer in die Küche gerannt.

19:06. Ich stieß mit meinem Knie an die Wand und wachte dadurch auf.

Meine Träume wurden in der letzten Zeit wirklich merkwürdig, aber was sollte das nun wieder bedeuten?

Seitdem mir Nico seine Handynummer gegeben hatte, hatte ich mich nicht ein einziges Mal bei ihm gemeldet.

Die Sache mit David konnte ich nicht so einfach hinter mir lassen. Ein wenig Ablenkung könnte hingegen nicht schaden.

Ich kramte mein Handy unter der Bett-decke hervor und versuchte erneut, Maya zu erreichen. Dieses Mal hatte ich Erfolg.

»Moin, Luna, gibt's was Neues von David? Wie lief euer Gespräch?«

»Mhm. Eher nicht so gut. Ich bin erstmal im Hostel auf der großen Freiheit abgestiegen«, sagte ich.

»In das ranzige Teil?«

»So schlimm ist es gar nicht, eigentlich sogar ganz gemütlich. Na ja. Was hast du heute Abend so geplant?«

Sie überlegte kurz. »Bis jetzt noch nichts. Wollen wir vielleicht 'ne Runde übern Kiez ziehen?«

Ein wenig Ablenkung würde mir bestimmt guttun.

»Das klingt gut. Wann denn?«

»Ich könnte dich in einer halben Stunde abholen.«

»Das klingt doch nach 'nem Plan«, sagte ich und legte auf.

Ich war ewig nicht mehr feiern. Abgesehen von den Abenden, an denen ich im Hanseatenkeller rumschwirrte, aber die waren mehr mit Arbeit verbunden.

Feiern und Beziehung ließ sich bei mir und David nicht wirklich vereinbaren. Es war immer sehr viel Eifersucht im Spiel und das führte jedes Mal zu Ärger.

War ich denn jetzt in einer Beziehung? Richtig Klartext hatten wir nicht gesprochen, aber auf mich wirkte das Ende unserer Beziehung doch irgendwie eindeutig. Nach so vielen Vertrauensbrüchen konnte das Ganze nicht mehr funktionieren. Eventuell wäre es das Beste, mich von dem Gedanken an eine heile Welt zu verabschieden.

Da ich nur das Nötigste in meine Taschen geschmissen hatte, fehlten mir jetzt vernünftige Klamotten zum Ausgehen. Ich kramte eine halbe Ewigkeit, bis ich auf eine schwarze enge Jeans und ein engeres Top stieß. Das sollte doch für heute Abend reichen. Ein wenig Wimperntusche und Concealer und dann fühlte ich mich bereit.

Es war ein merkwürdiges Gefühl, allein schon der Gedanke, ohne David auszugehen, war mehr als ungewohnt. Aber es war mal an der Zeit für Veränderungen.

Ich blickte auf den Sperrbildschirm meines Handys. Ein Urlaubsbild von David und mir sah mich an und meine Gefühle kamen ins Wanken. In der letzten Zeit zweifelte ich schon öfter an unserer Beziehung und sein toxisches Verhalten bestätigte mir dies nur mehr, aber es tat weh, eine Beziehung zu beenden. Es war verdammt schmerzhaft.

Eine Autohupe ertönte und ich lief zum Fenster des Hostelzimmers. Maya wartete und winkte aus ihrem Nissan Micra. I

ch zog meine Schuhe an und schnappte mir meine Handtasche. Sie bräuchte vermutlich eh noch einige Minuten, bis sie einen Parkplatz finden würde.

»So, in welche Kneipe wollen wir?«, fragte mich Maya euphorisch.

»Ich weiß es nicht, aber auf keinen Fall in den Hanseatenkeller.«

»Das war mir schon klar. Wie wäre es mit dem Elbschlosskeller?«

»Ernsthaft?«, fragte ich sie genervt.

»Ja, was denn? Sonst bist du da doch auch gerne hingegangen.«

Ich zuckte die Schultern. »Ich habe heute eigentlich an etwas Ruhigeres gedacht.«

»Was ist denn mit der neuen Bar hier gleich um die Ecke?«

»Sagt mir so nichts. Könnten wir aber ausprobieren.«

Die Bar lag tatsächlich nur einige Meter vom Hostel entfernt und war vermutlich gerade erst eröffnet worden. Sie sah schick aus, etwas gehobener, aber dennoch einladend.

Maya lief schnurstraks am Barkeeper vorbei und nahm auf einem der Hocker neben dem

Tresen Platz. Die Bar war nicht sonderlich groß, strahlte aber etwas Gemütliches aus. Die Getränkepreise waren zwar hoch, ich hatte jedoch geplant, sowieso nicht viel zu trinken.

»Uhhh, Tequila. Möchtest du einen?«, fragte mich Maya.

»Ne, lieber nicht. Ich hatte eher an einen Cocktail gedacht.«

»Spaßbremse!« Maya bestellte uns zwei Tequilas. »Ich glaube, ein wenig Ablenkung könnte dir guttun, Luna. Bist du dir denn sicher, dass du eure Beziehung einfach so wegwerfen willst?«

»Was heißt denn hier wegwerfen? Du weißt doch genau, dass es schon länger kriselt, und seine Lügen haben mir den Rest gegeben.«

»Und was ist mit diesem Autor? Den fandest du doch ganz süß?«

»Boah, Maya. Nur weil ich jemanden süß fand, heißt das noch lange nicht, dass ich mich direkt in die nächste Beziehung stürze.«

»Du hast überhaupt keine Ahnung von

Beziehungsproblemen«, sagte Maya und verdrehte die Augen.

»Meinst du? Ich bezweifle, dass du von dem Thema so viel Ahnung hast«, gab ich entnervt zurück.

»Es ist doch so. Wenn Typ A, also David, dir das Herz bricht. Dann lenkst du dich mit Typ B ab. Sobald du Gefühle für Typ B bekommst, nimmst du dir halt Typ C und so weiter.«

»Wow. Dann wird mein Herzschmerz nicht geringer, sondern habe in zwei Wochen den ganzen Kiez durch.«

Zum Glück kamen jetzt unsere Getränke und das Gespräch endete.

Ich hasste Mayas Ratschläge und hatte bestimmt nicht vor, mich mit Nico abzulenken und mir anschließend alle paar Tage jemand Neues zu suchen. Aber sie hatte ständig so schlaue Tipps, auf die sie nicht mal selbst hörte.

»Und was hast du jetzt vor?«, fragte Maya.

»Verdammt, Maya. Ich weiß es doch nicht. Es fühlt sich so falsch an, die Beziehung mit David aufzugeben, aber ich kann einfach nicht mehr.«

»Liebst du ihn denn noch?«

»Ich weiß es nicht. Die Gefühle für ihn haben in der letzten Zeit schon extrem abgenommen. Wir haben ja nicht mal mehr jede Nacht in einem Bett geschlafen.«

»Hast du Gefühle für Nico?«

Über diese Frage musste ich einen Moment nachdenken. »Ich denke schon oft an ihn, aber ich will einfach nicht nochmal verletzt werden.«

»Hast du den Zettel mit seiner Nummer noch?«, fragte Maya.

»Ja, wieso?«

»Ruf ihn doch einfach mal an oder schreib ihm. Wenn ihr euch nochmal trefft, könnt ihr euch kennenlernen und vielleicht passt es ja oder beschert dir zumindest eine bessere Stimmung.«

»Einen Versuch ist es ja wert.«

Ich nahm mein Handy in die Hand und den Zettel mit seiner Nummer aus meiner Handyhülle.

Dann tippte ich sie bei WhatsApp ein und schrieb ein zaghaftes: Hey.

Maya orderte noch zwei Getränke und diese tranken wir relativ schnell aus.

Mein Handy blinkte auf und Nico schrieb mir zurück, ob wir nicht besser telefonieren wollten, wenn ich Zeit hatte, er fände das persönlicher. Da hatte er auch recht.

Mein größtes Problem war, dass ich oft falsch verstanden wurde. Besonders Sarkasmus kam am Telefon einfach besser und wurde nicht komplett missverstanden.

»Mann, Maya, was mache ich denn jetzt?«, sagte ich, obwohl ich innerlich genau wusste, was zu tun war. Vielleicht wollte ich nur ein wenig Zustimmung erhalten.

»Wie wäre es damit, ihn einfach anzurufen?«, sagte sie und lachte.

»Und was soll ich ihm dann erzählen?«

»Die Wahrheit. Dass du Lust hättest, ihn näher kennenzulernen. Wie viel hat er denn von der Sache mit David mitbekommen?«

»Genug, um mich für verrückt zu halten.«

Mayas Interesse schien geweckt. »Jetzt erzähl.«

»Als Lisa kam, ist er relativ schnell abgehauen. Na ja, er musste nach Hause.«

»Na siehst du, dann hat er den schlimmsten Teil doch gar nicht mitbekommen. Ruf ihn nachher einfach an, falls er noch wach ist, und erzähl ihm, dass es mit dir und David nicht geklappt hat«, schlug Maya vor.

»Dann fühlt er sich doch auch bescheuert und denkt, dass ich nur Ablenkung suche.«

»Sag ihm, dass du ihn ganz unverbindlich näher kennenlernen möchtest. Einfach einen Kaffee trinken. Du sollst ja nicht direkt mit ihm ins Bett hüpfen.«

»Und wo? Er wohnt in Hannover.«

»Hättest du mir das nicht eher erzählen

können? Du kannst meine Bahnkarte haben, dann könntest du mit dem Zug zu ihm.«

»Das wäre eine Möglichkeit. Ich hab ja nichts zu verlieren.«

Zwei Drinks später kam ich zu dem Entschluss, nun besser ins Hostel zurückzugehen. Die paar Getränke waren vielleicht doch etwas zu viel für mich und ich wollte nur noch in mein Bett. Außerdem grübelte ich die ganze Zeit darüber nach, ob ich Nico jetzt noch anrufen und was ich ihm denn sagen sollte.

Maya begleitete mich bis zur Tür und gab mir zum Abschied noch eine Umarmung.

»Ruf ihn an und schreib mir danach, was er gesagt hat. Du schaffst das schon.«

»Mann, Maya, ich hab so Angst. Außerdem sollte ich ihn vielleicht nicht in meinem jetzigen Geisteszustand anrufen und volllallen. Ich bezweifle auch stark, dass er noch wach ist.«

»Das wäre doch noch besser, dann kannst du seinen Anrufbeantworter volltexten und hast trotzdem den ersten Schritt gewagt. Tu es einfach und jetzt gute Nacht«, sagte Maya und verschwand.

Ich war wirklich froh, geduscht im Bett zu liegen. Das Hostel war mir zwar fremd, aber ich fühlte mich seit langem endlich angekommen. Hier konnte ich in Ruhe nachdenken.

Meine Augen wanderten über meinen Handybildschirm und ich schaute auf die Uhr oben rechts. 00:06. Nicht die beste Uhrzeit, um Nico anzurufen und ihn nach einem Treffen zu fragen, aber sonst würde ich vermutlich einen Rückzieher machen. Also wählte ich die Nummer und wartete, ob er ans Telefon ging.

»Hallo? Luna?«, fragte Nico.

»Hey. Ja, ich bin's. Alles klar bei dir oder habe ich dich geweckt?«

»Nein, alles gut. Ich bin immer ewig wach und lese.«

»Was liest du denn so?«

»Aktuell lese ich die Flüsse von London von Ben Aaronovitch. Kennst du die Reihe?«

Ich musste lächeln. »Ja, ich habe sie vor geraumer Zeit auch mal gelesen. Bei welchem Teil bist du?«

»Ach, erst bei die Geister von Soho. Also noch nicht so weit. Liest du gerne Fantasy?«

»Ich liebe Fantasy. Aber gegen einen guten Roman habe ich auch nichts einzuwenden.«

»Gibt's was Neues von David?«, fragte er und wechselte damit das Thema.

Es war mir unangenehm, mit ihm über David zu sprechen. Es kam mir falsch vor.

»Ja, wir haben ihn gefunden. Ihm war soweit nicht viel passiert, außer einer Wunde am Kopf.«

»Und wo war er?«

»Er war in der Wohnung eines Buchmachers. Hatte wohl Wettschulden.«

»Habt ihr euch denn ausgesprochen?«

»Ja, das haben wir, und ich bin erstmal in ein Hostel gezogen. Für mich hat sich die

Sache mit David erledigt.«

»Oh, das tut mir leid«, sagte Nico und klang nachdenklich.

»Schon okay, ich hatte vorher bereits so gut wie mit der Beziehung abgeschlossen.«

»Und wie gefällt dir das Hostel?«, fragte Nico und war anscheinend gut darin, die Themen zu wechseln, oder er hatte einfach keine Lust, länger über David zu reden.

»Es ist schön. Sehr modern eingerichtet und mein Zimmer ist ziemlich groß. Aber warum ich eigentlich mit dir sprechen wollte, ist, weil ich dich gerne näher kennenlernen möchte. Ich fand unsere Gespräche beim letzten Treffen wirklich nett.«

»Ja, da hatte ich auch schon drüber nachgedacht. Das Problem ist nur die Entfernung«, sagte Nico.

»Das ist kein Problem. Ich könnte mit dem Zug kommen. Wie sieht es denn morgen bei dir aus? Also heute meine ich. Es ist ja schließlich schon nach zwölf Uhr. Also nur, wenn dir das nicht zu kurzfristig ist und du wirklich Lust hast.«

Ich kam mir vor wie ein Mädchen an ihrem ersten Schultag. Ich war so nervös und konnte gar nicht mehr aufhören zu reden.

»Musst du denn nicht arbeiten? Also von mir aus würde es gehen. Ich muss nur bis dreizehn Uhr arbeiten. Danach hätte ich Zeit und könnte dich vom Bahnhof abholen.«

»Ich habe aktuell Urlaub. Ich muss erst Montag wieder arbeiten. Aber das klingt gut. Soll ich mich melden, wenn ich fast da bin?«

»Ja, das wäre gut. Dann kann ich dir schreiben, wo genau ich dich abhole«, sagte Nico.

»Perfekt. Ich freue mich, aber so langsam fallen mir wirklich die Augen zu. Tut mir leid.«

»Ach, kein Problem. Gute Nacht und bis morgen. Ich freue mich.«

Ich legte auf und ein Herzrasen breitete sich in meiner Brust aus. Es war verrückt. Das Gespräch war so kurz gewesen und doch waren wir uns so schnell einig geworden.

David war alles, aber nicht gerade spontan. Um manche Sachen zu entscheiden, diskutierten wir ewig und kamen nie zu einer Lösung.

Ich schickte Maya eine Sprachnachricht und fragte sie im gleichen Atemzug, ob sie mich zum Hauptbahnhof bringen könnte. Ich fühlte mich gut und war voller Vorfreude auf morgen.

180

Samstag

02. OKTOBER 2021

06:03. Ich wachte panisch auf und war der Meinung, dass ich verschlafen hätte. Schnell schaute ich auf meinem Handy nach dem Fahrplan. Zum Glück hatte ich noch ein paar Stunden, bis ich am Bahnhof sein musste. Mich nochmal hinlegen wollte ich nicht. Meine Gedanken kreisten um das Wiedersehen mit Nico und ich überlegte die ganze Zeit, ob er mich genauso spannend fand wie ich ihn.

Seine dunklen Augen gingen mir seit unserem ersten Treffen schon nicht mehr aus dem Kopf und ich sah sein Antlitz ständig vor mir stehen.

Die beste Entscheidung wäre es vermutlich, mich jetzt fertig zu machen und mir ein Frühstück zu besorgen. Leider ging mein erster Griff direkt zu meinem Handy, um nachzuschauen, ob Maya in der Zwischenzeit online war. Da sie sehr nachtaktiv war, wäre dies nicht mal unwahrscheinlich.

»Maya, vergiss mich bloß nicht. Wäre wirklich super, wenn du mich fahren könntest«, tippte ich und schickte es ohne zu zögern ab.

Mein Handy war von diversen Streitigkeiten mit David gezeichnet. Kratzer und Risse zierten den Bildschirm und einzig und allein eine dünne Panzerglasfolie hielt den ganzen Schund zusammen. Mein Neujahrsvorsatz für dieses Jahr war es eigentlich, weniger am Handy zu hängen, aber dies scheiterte bereits ein paar Tage später.

Nach meinem ersten Treffen mit Nico war es nur noch schlimmer geworden und ich schaue bestimmt zehn Mal am Tag auf seinen Instagramaccount, ob andere Frauen seine Bilder kommentiert hatten. Was eigentlich total bescheuert war, da wir uns nur einmal gesehen hatten.

Es hatte sich so gut angefühlt, als er mich berührt hatte. So sanft, so zart, so echt. Dasselbe Kribbeln spürte ich auch jetzt wieder in meiner Magengegend und es fühlte sich aufregend an.

Es wäre aber das Beste, wenn ich mir nicht zu viele Hoffnungen machen würde, denn das ging meistens schief.

Die Tasche mit Kleidung bot keine große Auswahl, aber mein schwarzes Blümchenkleid, eine alte Strumpfhose und Boots waren vorhanden und gaben mir jedes Mal ein Gefühl von Selbstvertrauen.

Kleidung war für mich eine Möglichkeit, meinen Charakter nach außen hin zu präsentieren und zur Schau zu stellen, aber häufig gab sie mir auch ein Gefühl von Sicherheit. Wenn ich meine Lieblingsschuhe trug, dann kam es mir so vor, als könnte mir nichts mehr passieren. Viele Sachen besaß ich nicht. Minimalismus war ein Prinzip, das ich nach einem Aufräumratgeber schon länger praktizierte. Aber die Dinge, die ich besaß, die wurden abgöttisch geliebt und so lange geflickt und repariert, bis nichts mehr ging und ich sie wegschmeißen musste. Das kam allerdings nicht oft vor, denn ich ging mit ihnen sehr sorgfältig um.

Das Blümchenkleid hatte ich vor ein paar Jahren in einer Hamburger Boutique gekauft und mein erstes Gehalt dafür ausgegeben. Es hatte sich gut und richtig angefühlt und seitdem gab es mir immer genau das Gefühl, das ich zum Zeitpunkt des Kaufs verspürt hatte. Ich hatte viele solcher Kleidungsstücke, aber die meisten lagen noch in der gemeinsamen Wohnung von David und mir. Mir grauste davor, ihn wiederzusehen, um mein ganzes Hab und Gut abzuholen.

Ich überlegte schon die ganze Zeit, wie ich ein persönliches Aufeinandertreffen vermeiden könnte, aber das wäre kindisch. Ich sollte mich dieser Konfrontation stellen und gestärkt herausgehen, aber das war oft leichter gesagt als getan.

Mein Handy vibrierte auf meinem Nachttisch und ich zog es hervor, um nachzuschauen. Maya rief an und ich ging schnell ran, denn wenn ich den Anruf mal verpasste, wurde sie schnell zickig.

»Na, Luna, wieso bist du schon wach?«

»Hey, Maya. Ach, ich kann nicht mehr schlafen. Vermutlich bin ich einfach zu aufgeregt.«

»Du und aufgeregt? Das letzte Mal warst du an deinem elften Geburtstag aufgeregt, danach hast du nie wieder nur einen Anschein von Nervosität ausgestrahlt«, sagte Maya und lachte dabei.

»Ach, ich weiß doch auch nicht. Es fühlt sich irgendwie komisch an, mich nach dem ganzen Scheiß mit David jetzt mit 'nem Anderen zu treffen, aber auch so verdammt richtig. Wo bleiben deine ach so tollen Ratschläge?«

»Hier hast du einen von meinen super Tipps. Hör auf dein Herz. Er wird schon kein verrückter Serienmörder sein und dich abstechen. Oder doch? Das wirst du nur erfahren, wenn du dich mit ihm triffst. Aber mach dir nicht so viele Gedanken, das wird schon klappen. Du hast ihn doch schon mal gesehen.

Beim Onlinedating wäre es riskanter.«

Maya nahm mir ein wenig meine Angst.

»Und was ist mit David? Das ist doch irgendwie billig, mich ein paar Tage nach unserer Trennung gleich mit 'nem Anderen zu treffen.«

»Hat David dich nicht betrogen? Du bist ihm keine Rechenschaft schuldig. Tu das, was du für richtig hältst, und mach es nicht nur, um ihm eins auszuwischen. Jetzt mach dich fertig. Ich hol dich in einer halben Stunde zum Frühstück ab.«

Eine Stunde verging, bis Maya es schaffte, mich vor dem Hostel abzuholen. Dennoch war ich ihr sehr dankbar, dass sie mich so oft fahren konnte.

Wir gingen zu einem kleinen Bäcker in der Nähe des Hauptbahnhofes. Von dort aus brauchte ich nur über die Straße gehen und war da. Das Frühstück kam mir sehr gelegen, denn mein Magen knurrte mich schon seit einer halben Stunde an.

Ich bestellte mir Rührei mit Speck und einen doppelten Espresso. Maya nahm drei Croissants und eine Cola. Wir ließen uns Zeit und ein wenig später war es dann auch schon so weit, die Abfahrt meines Zuges stand kurz bevor.

Maya brachte mich zum Gleis und drückte mir zum Abschied einen feuchten Schmatzer auf die Wange.

Ich schickte ihr über WhatsApp einen ständig aktualisierenden Standort und fühlte mich dadurch abgesichert. So wusste sie immer, wo ich war. Und wenn doch mal etwas passieren sollte, dann könnte sie die Polizei alarmieren. Vorsicht war besser als Nachsicht, und häufig war Vorsicht auch einfach angebracht.

Wir machten aus, dass ich mich alle zwei Stunden per Nachricht bei ihr melden würde und sie mich morgen wieder hier am Gleis abholte. Welchen Zug genau ich nehmen würde, das würde ich ihr dann noch mitteilen.

Die Zugfahrt dauerte eineinhalb Stunden und verging dank eines guten Hörbuchs wie im Flug.

Während ich mir ein Wasser holte, schrieb ich Nico, dass ich angekommen wäre, und er antwortete schnell.

Vielleicht war das Essen doch keine so gute Idee, denn mir wurde schrecklich übel vor lauter Aufregung und ich war kurz davor, zu erbrechen, bis mir jemand auf die Schulter klopfte. Ich drehte mich um und es war Nico.

Mit einem strahlenden Lächeln nahm er mich in den Arm und ich fühlte mich komplett. Mein Leben lang hatte es sich angefühlt, als würde mir etwas fehlen. Als würde ich etwas hinterherhasten, von dessen Existenz ich bis dato nichts wusste. Jetzt hier, hier in Hannover in Nicos Armen, hatte ich das erste Mal in meinem Leben das Gefühl, vollkommen zu sein. Ich fühlte mich nach vierundzwanzig Jahren endlich angekommen. Es klang so übertrieben, wenn man bedachte, dass wir uns kaum kannten, aber ich glaubte, dass man es spürte, sobald man den Richtigen oder die Richtige traf. Jetzt in diesem Moment machte mir der Gedanke an eine ewige Beziehung keine Angst mehr, nein, er erfüllte mich.

Nico parkte mit seinem Opel auf einem großen Park+Ride Parkplatz direkt gegenüber vom Bahnhof. Ich nahm auf der Beifahrerseite Platz und hatte das Bedürfnis, ihn die ganze Zeit zu beobachten.

Seine Wohnung lag nicht weit weg vom Hauptbahnhof und war relativ klein, aber gemütlich eingerichtet. Die Möbel und die Dekoration hielt er in einem dunklen Grau und es sah aus wie in einer Dokumentation über einen Rocksänger. Bücher stapelten sich in Türmen bis hoch zur Decke und in jeder Ecke stand eine Gitarre.

»Du hattest mir ja gar nicht erzählt, dass du Gitarre spielst. Was spielst du denn so?«, fragte ich und nahm auf seinem Sofa Platz.

»Eigentlich alles. Am liebsten alte Stücke von den Beatles oder Nirvana. Wenn du Lust hast, kann ich dir ja mal was vorspielen. Aber jetzt habe ich noch einen anderen Plan für dich.«

Er ging zu einem der Büchertürme, nahm das oberste Buch in die Hand und reichte es mir. Ein helles Cover mit schwarzen Blumenranken. In blutroten Buchstaben zierte Nicos Name das Buch und ich war wirklich gespannt.

»Dein neues Werk?«, fragte ich ihn neugierig.

»Ja, Gestalten der Nacht erscheint kurz vor Weihnachten, aber ich möchte es dir vorher schon geben. Schau mal auf die fünfte Seite.«

Ich blätterte auf Seite fünf.

Fuer Luna
Obwohl du noch nicht lange Teil meines Lebens bist,

gehören all meine Gedanken dir.

Es war handschriftlich rein geschrieben.

Ich war gerührt. Eine so simple, aber auch kraftvolle Geste hatte ich nicht erwartet. »Wow. Womit hab ich denn das verdient?«

»Dein ganzes Wesen hat mir über meine letzte Schreibblockade hinweggeholfen. Es ging mir nach der Erscheinung meines Debüts seelisch wirklich nicht gut und dein Charakter und unsere Gespräche in der Bar haben mich wieder gestärkt.«

»Das freut mich, aber was war denn los? Wieso ging es dir nicht so gut? Also nur, wenn du es erzählen möchtest«, sagte ich und Nico nahm neben mir auf dem Sofa Platz.

»Vor drei Jahren kam ich mit meiner Exfreundin Sarah zusammen. Ich kannte sie aus der Schule und wir verloren den Kontakt, als sie für das Studium nach Bremen zog. Als sie es beendete, kam sie zurück nach Hanno-ver und ich traf sie in einem Club wieder. Wir unterhielten uns den ganzen Abend und tauschten unsere Nummern aus. Wir wurden recht schnell ein Paar und zogen dann zusammen in eine Wohnung am Stadtrand. Alles war nahezu perfekt, aber mit der Zeit wurde Sarah komisch. Sie wurde zunehmend aggressiver und kam immer gestresster nach Hause. Nach und nach ließ sie ihre Aggressionen an mir aus. Anfangs noch verbal, aber irgendwann auch körperlich. Sie schlug mich ständig und ich traute mich nicht, etwas dagegen zu sagen. Ich hatte das Gefühl, dass ich als Mann doch stark sein muss und mich nicht von einer Frau vermöbeln lassen darf, aber das tat ich. Ich ließ das alles zu und schwieg. Vor einem Jahr wurde es dann so schlimm, dass ich einen gebrochenen Arm hatte, und schmiss Sarah raus. Sie verfolgte mich monatelang und erst, als sie einen neuen Freund hatte, hörte es auf. Es war eine grauenvolle Zeit, aber ich konnte nicht darüber sprechen. Erst als mein Hausarzt mich zu einem Psychologen geschickt hat, wurde es besser. Als ich dich traf, hatte ich anfangs noch Angst, dass mir der Mist nochmal passieren könnte. Aber ich kann nicht mein ganzes Leben davor wegrennen, glücklich zu sein. Das Lieblingszitat meiner Mutter ist: Ich bin gesellig, doch falle allein. Und diesen Satz habe ich mir immer wieder vor Augen geführt.« Eine Träne rann ihm über seine Wange und er starrte auf den Boden. »Ich bin zwar gerne unter Menschen, aber in den dunkelsten Momenten in meinem Leben war ich immer allein und musste mich selbst aufrappeln. Ich hab jegliche Hilfe erst einmal verweigert.«

Nicos Worte machten mich nachdenklich. Mich berührte es, dass er sich mir anvertraut hatte, und auf der anderen Seite schockierte mich das Verhalten seiner Ex-Freundin.

Ich reagierte erst mal nicht, um mich ein wenig zu sammeln und all die Informationen zu verarbeiten. Ich hatte damit überhaupt nicht gerechnet und es machte mich fertig.

Nico stand auf. »Ich hätte es dir nicht erzählen dürfen. Das war 'ne dumme Idee. Vergiss es einfach.«

»Nein, nein. Ich muss es bloß erst mal verarbeiten. Ich bin dir wirklich sehr dankbar, dass du dich mir anvertraut hast, aber das Verhalten deiner Ex finde ich echt krass.«

»Hast du denn noch Fragen?«

»Wieso hast du sie nicht viel eher verlassen?«

»Ich konnte nicht. Ich dachte, ihr Verhalten wäre nur eine Phase und irgendwann würde es vorbeigehen.«

»Das kann ich nachvollziehen, aber es ist jetzt vorbei. Ich finde es wahnsinnig mutig, dass du den Schritt zum Psychologen gewagt hast, und ich kann dir nur versprechen, dass ich dich nicht enttäuschen werde«, sagte ich und stand auf, um ihn in den Arm zu nehmen. Die Umarmung fühlte sich genau richtig an und ich fühlte mich geborgen und wahnsinnig wohl in seinen Armen.

»Möchtest du etwas essen?«, fragte Nico mich und löste sich aus der Umarmung.

»Ja, das klingt gut.«

»Auf was hast du Lust?«, fragte er.

»Italienisch?«

»Gern. Hier um die Ecke ist eine gute Pizzeria, dann lass uns los.«

Wir zogen unsere Jacken an und machten uns direkt auf den Weg in die Pizzeria.

Er wirkte seit dem Gespräch eher kühl und zurückweisend. Jegliche Art von kleinen Berührungen wies er zurück. Ich versuchte, seine Hand zu nehmen, aber scheiterte kläglich.

Vermutlich brauchte er einfach nur ein wenig Zeit oder das Thema schlug ihm auf den Magen.

Das Restaurant lag in einer kleinen Gasse und wirkte von außen sehr hübsch. Das Gebäude war ein wenig älter, aber es war liebevoll renoviert und überall standen Topfblumen herum.

Wir wählten einen Tisch am Fenster und Nico nahm gegenüber von mir Platz. Das Restaurant war gut besucht und es herrschte lautes Gewusel. Aus allen Ecken hörte ich Unterhaltungen und Nico suchte nur stumm in der Karte.

Ich wählte eine Spaghettipizza, also Pizzateig mit Bolognese und Nudeln, und eine Cola, obwohl mir vermutlich mehr nach einem Korn gewesen wäre. Nico nahm eine Pizza Margherita und eine Spezi. Wenn ich eins verabscheute, dann die Mischung aus Cola und Limonade, aber jedem das seine.

»Kommst du öfter hierher?«, fragte ich Nico, um ein Gespräch anzufangen. Ich hasste Stille und diese hier fühlte sich unangenehm an.

»Ja, manchmal. Ich war häufig mit meiner Ex-Freundin hier.«

Okay das war ein Satz, den ich definitiv nicht hören wollte.

»Du hast sie sehr geliebt oder?«, fragte ich.

»Ja schon, aber je länger wir zusammen waren, desto aggressiver und bekloppter wurde sie. Sie wollte ja auch keine Hilfe annehmen. Ich war der Meinung, dass sie auf jeden Fall zu einem Psychologen gehen sollte, aber das wollte sie nicht hören.«

»Ich kann das schon verstehen. Manchmal möchte man sich nicht eingestehen, dass man Probleme hat, und dann auch mit niemandem drüber reden.«

Mir war es eine Zeit lang ähnlich ergangen. Mit achtzehn erkrankte ich an Depressionen und wollte es mir lange nicht eingestehen. Erst als ich es selbst erkannt hatte, hatte ich mir Hilfe gesucht.

Das Essen kam und wir aßen stillschweigend. Das war mir auch deutlich lieber, als über seine Ex-Freundin zu reden, obwohl ich bei solchen Dingen meistens recht entspannt blieb, aber irgendwann reichte es auch mir. Manche Themen gehörten nicht auf erste

Dates und dieses Thema zählte definitiv dazu.

Nachdem der Kellner das Essen abgeräumt hatte, tippte eine blonde junge Frau Nico auf die Schulter.

»Hey, wie unerwartet, dich hier zu sehen. Aber es freut mich auch. Wie geht es dir, Nico?«

Nicos Miene verfinsterte sich und ich sah in seinen Augen eine Mischung aus Hass und Verwirrtheit. »Was machst du hier, Sarah?«

»Wirst du jetzt paranoid, Nico? Darf ich jetzt nicht mal mehr Essen gehen? Vergiss nicht, dass es eigentlich mein Stammlokal ist und du es nur durch mich kennst.«

Sarah war recht klein und schlank. Blondes Haar ragte ihr bis über den Hintern. Sie machte eigentlich einen freundlich Eindruck, sah Nico aber mit einem finsteren Blick an.

»Können wir das bitte nicht hier und jetzt klären?« Nico zeigte erst auf mich und anschließend auf die Außenterrasse.

Er schnappte sich seine Jacke und ging mit

Sarah vor die Tür.

Ich war entsetzt, dass er kein Wort zu mir sagte, bevor er rausging, und malte mir in meinem Kopf einige Szenarien aus. Zum Glück konnte ich beide durch das Fenster beobachten und sie schienen zu streiten. Nico fuchtelte wild mit den Armen und sein Gesicht war knallrot. Sarah weinte und gestikulierte ebenfalls vor sich hin.

Nach einigen Minuten ging Sarah und Nico kam wieder herein.

»Es tut mir leid, aber ich reagiere wirklich allergisch auf sie.«

»Schon okay. Meinst du nicht, dass sie tatsächlich zufällig hier war?«

»Das kann sein, aber sie ist mir eine Zeit lang überall hin gefolgt. Deshalb bin ich einfach wahnsinnig misstrauisch geworden. Ich habe ihr jetzt hoffentlich klar genug mitgeteilt, dass das Thema für mich erledigt ist und ich nichts mehr von ihr wissen möchte. Ich hoffe, ich habe dich jetzt nicht verschreckt.«

»Nein, nein, schon okay. Was hast du denn für heute noch so geplant?«, fragte ich.

»Nichts so wirklich. Ich möchte eigentlich nur aufs Sofa. Ich bin erschöpft, der ganze Stress mit Sarah hat mich ziemlich gestresst.«

In dem Moment klingelte mein Handy. Ich hatte ganz vergessen, Maya zu schreiben, und hatte anscheinend auch schon mehrere Anrufe in Abwesenheit. Also schrieb ich ihr eine kurze Nachricht, dass alles okay wäre und ich mich später melden würde.

»Ja, okay, ich muss eh bald los. Bringst du mich zum Bahnhof?«

Ich hatte mir eigentlich erhofft, noch ein wenig länger bei ihm zu bleiben, wollte ihm aber nicht zur Last fallen.

»Natürlich.«

Wir standen auf und gingen zu Nicos Auto. Ich mochte ihn zwar, aber seine Laune war sichtlich verschlechtert. Vielleicht wäre es besser, ein paar Tage Abstand zu nehmen und dann einen neuen Versuch zu wagen.

Meine Entscheidung, ihn wiederzusehen, stand trotzdem.

Am Bahnhof angelangt, gab er mir einen Kuss auf die Stirn und verabschiedete sich mit einer langen Umarmung von mir.

Der Abschied fiel mir schwer, aber manche Dinge liefen nun mal nicht so wie geplant.

Die Fahrt zurück nach Hamburg verging mit einem guten Hörbuch zum Glück recht schnell. Ich liebte den Anblick, wenn man in den Hauptbahnhof einfuhr, und fühlte mich gleich wieder zu Hause.

Im Grundschulalter war ich nach Hamburg gekommen und anfangs nicht sehr glücklich über die Entscheidung meiner Eltern gewesen, aber jetzt würde ich die Stadt nicht mehr missen wollen. Die Abende auf dem Kiez oder das Eisessen an der Alster waren inzwischen ein Teil von mir.

Ich schrieb Maya schnell eine SMS, dass sie mich abholen konnte, und holte mir in der

Zeit gegenüber vom Bahnhof einen Döner. Obwohl ich vor zwei Stunden erst beim Italiener essen gewesen war, überkam mich ein unfassbarer Appetit.

Nico hatte mir inzwischen mehrere Nachrichten geschrieben, dass er unser Treffen schön fand und sich freute, mich wiederzusehen. Ich war mir meiner Gefühle noch nicht sicher und schrieb nur, dass ich inzwischen heil angekommen war. Ich hatte das Treffen zwar auch als schön empfunden, aber ein ungutes Gefühl breitete sich in mir aus.

Nico hatte dieses Mal so anders gewirkt als bei unseren ersten Begegnungen, und ich war mir nicht mehr sicher, wer denn der richtige Nico war. Es war zwar wichtig, dass er auch seine verletzliche Seite zeigte, aber das hatte mich leider ein wenig überfordert.

Maya haute mir auf den Po und nutzte meine Überraschung, um mir meinen Döner aus der Hand zu stibitzen. Mit nur zwei Bissen verschlang sie ihn wie eine Schlange eine Maus.

»Und wie lief dein Date?«, fragte Maya mit vollem Mund.

»Na ja, ich weiß nicht so recht. Auf der einen Seite war es schön, ihn wiederzusehen, aber auch irgendwie komisch. Es hat sich nicht so angefühlt wie das letzte Mal.«

»Mhm, vielleicht war es für ihn auch ungewohnt. Du weißt ja nicht, ob er nicht auch erst aus einer Beziehung kommt.«

»Ja, das stimmt. Apropos Beziehung, seine Ex-Freundin habe ich auch schon kennengelernt.«

»Echt? Und wie war sie so?«, fragte Maya neugierig.

»Ach, ich weiß auch nicht. Entweder ist sie völlig bekloppt oder es war nicht der beste Zeitpunkt für ein Kennenlernen. Sie tat mir fast leid. Es schien, als ob sie noch an ihm hängt.«

»Wo wir schon bei dem Thema an jemandem hängen sind. David hat sich bei mir gemeldet und gefragt, wann du deine Sachen bei ihm rausholst. Er geht wohl davon aus, dass das mit euch jetzt komplett beendet ist.«

»Ja, da hat er vermutlich recht. Wieso hat er es mir nicht selbst geschrieben?«

»Ich weiß nicht, er meinte nur, dass die Nachrichten an dich nicht rausgehen.«

»Hmm, merkwürdig. Wie geht es ihm denn?«

»Ich glaube ganz gut. Er wirkt ein wenig ausgeglichener, aber er hat noch einen harten Weg vor sich. Jonas ist inzwischen in Untersuchungshaft.«

»Das freut mich für David. Ich will nur, dass es ihm gut geht.«

Ich war froh, endlich wieder im Hotel zu sein, und duschte als Erstes. Es tat so gut und all der Stress fiel für einen kurzen Augenblick von mir ab.

Ich dachte an Nico und fragte mich, was er wohl gerade machte. Als ich mit dem

Duschen fertig war, entschied ich mich dazu, ihm eine Nachricht zu schreiben.

Hallo Nico,
vermutlich schläfst du schon, aber ich kann einfach nicht aufhören, an dich zu denken. Ich bin gedanklich immer noch bei unserem ersten Treffen und hatte heute das Gefühl, eine komplett andere Person kennenzulernen. Dennoch gehst du mir nicht aus dem Kopf und ich würde mich freuen, dich wiederzusehen. Alle guten Dinge sind drei, oder wie war das noch mal?

Ich erwarte, dass Nico sowieso schlief, legte mich ebenfalls ins Bett und schaltete den Fernseher an. Es lief Reeperbahn undercover, wie passend.

Die Reeperbahn war immer sehr gut besucht und es tummelten sich tausende von Menschen in den Straßen. Aber ich fühlte mich in der letzten Zeit dort immer einsamer.

Zwischen all der käuflichen Liebe sehnte ich mich nach etwas Echtem. Was dies war, wusste ich hingegen nicht. Ich wollte jemanden, auf den ich mich verlassen konnte, der keine Geheimnisse vor mir hatte und der einfach immer da war. Mein Handy vibrierte.

Ach, Luna. Ich kann nicht schlafen und versuche es schon mit Meditation, aber es bringt alles nichts. Du gehst mir nicht mehr aus dem Kopf und ich bin froh, wenn wir uns wiedersehen.

Ich war erleichtert, dass Nico mich noch mal sehen wollte, und wäre am liebsten sofort wieder zu ihm gefahren, aber das ging nicht.

Sag mal, was machst du morgen? Ich bräuchte jemanden, der mich begleitet, meine Sachen von David abzuholen. Hättest du vielleicht Zeit und Lust, herzukommen?
Mein Herz pochte und ich schaute durch-

gehend auf den Chat mit Nico.

Ich hoffte, dass er mich morgen begleiten würde und es das Ganze vielleicht ein wenig einfacher machen würde. Der endgültige Abschied von David bereitet mir Bauchschmerzen. Ich konnte mich nicht mit dem Gedanken anfreunden, ihn und Farin ziehenzulassen, aber ich wollte auch, dass David glücklich wurde.

Ja, natürlich. Ich kann mich gleich morgen früh ins Auto setzen und herkommen. Schick mir einfach die Adresse vom Hostel und ich hole dich ab.

Perfekt.

Ich schickte ihm die Adresse und schrieb ihm noch eine kurze Gute-Nacht-Nachricht. Inzwischen war es schon nach Mitternacht und so langsam wurde ich müde.

Sonntag

03. OKTOBER 2021

Nach dem Aufwachen schrieb ich Maya eine Nachricht und wünschte ihr viel Spaß bei ihrer Tante. Am liebsten wäre ich mit ihr gefahren, aber ich wollte nicht zu lange damit warten, meine Sachen aus der Wohnung zu holen. Außerdem war ich ja auch mit Nico verabredet.

So langsam gingen mir die Klamotten aus und einige meiner Lieblingsbücher lagen noch bei David.

Danke. Ich hoffe, dass es dir nicht allzu schwer fällt, David über den Weg zu laufen. Ach, was ich dir noch sagen wollte. Neben unserer WG wird ab nächster Woche ein kleines Apartment frei. 380€ Kaltmiete. Ich kann gerne mal nachfragen und einen Termin vereinbaren. Fühl dich gedrückt.

Um das Wohnungsthema hatte ich mir bisher gar keine Gedanken gemacht, aber lange würde mein Geld nicht mehr reichen. Ab

Mittwoch müsste ich auch wieder arbeiten gehen, der Chefredakteur hatte einige Aufträge für mich und mein Volontariat würde mir nicht anerkannt werden, wenn ich zu lange weg wäre.

Ich frühstückte und wartete sehnsüchtig auf Nico. Zum Glück hatte ich mir gestern Abend noch einen zweiten Döner mitgenommen, den ich nun zum Frühstück essen konnte. Ich putzte mir die Zähne, um den ekligen Knoblauchgeruch loszuwerden, und zog mir schnell eine Jeans an. Dann klingelte auch schon mein Handy. Nico war inzwischen am Hostel angekommen und wartete vor dem Gebäude auf mich.

Ich freute mich, ihn wiederzusehen, und umarmte ihn so fest ich nur konnte. Er sah wirklich gut aus in seinem schwarzen Hemd und seiner dunklen Jeans. Er trug eine Strickmütze und sein Gesicht war von Augenringen geschmückt. Er sah abgekämpft, aber zufrieden aus und freute sich anscheinend auch, mich wiederzusehen.

»Hast du gut hergefunden?«, fragte ich ihn.

»Na ja, der Stau auf der Autobahn ist wirklich unerträglich, aber so langsam finde ich Gefallen an Hamburg. Ich überlege schon länger, herzuziehen, allein um meinen Eltern ein wenig näher zu sein, aber du machst mir meine Entscheidung nur noch einfacher.«

Ich fühlte mich geschmeichelt und wurde rot. »Ich suche aktuell auch nach einer Wohnung. Auf Dauer kann ich mir das Hostel nicht leisten«, sagte ich.

»Hast du denn schon was in Aussicht?«

»Maya hat mir von einer Wohnung erzählt, die ich mir gerade so leisten könnte, aber mal schauen.«

»Das klingt doch schon mal gut, aber erstmal müssen wir deinen ganzen Kram abholen.«

Wir liefen zu Davids Wohnung und mir wurde immer mulmiger. Ich hatte Angst, ihm zu begegnen. Meiner Gefühle war ich mir sicher, aber der Gedanke, dass all die Erinnerungen mich nochmal umstimmen könnten, plagte mich.

Als wir Davids Wohnung erreichten, kamen sie alle wieder hoch. Ich dachte an meinen Einzug vor zwei Jahren und all die schönen Erinnerungen, aber mit Wehmut. Die Zeit mit ihm war überwiegend von schönen Momenten gezeichnet, aber in der letzten Zeit hatte es nicht mehr funktioniert. Ich fühlte mich leer.

Wenn ich über Leere sprach, dann aus Erfahrung. Leere hatte eine tiefe Bedeutung für mich, denn sie hatte einen prägenden Teil meines Lebens ausgemacht und mich auf den Weg geführt, auf dem ich mich heute befand.

Leere konnte man überall verspüren. Im Herzen, in der Seele und im ganzen Körper. Sie war etwas Beängstigendes, Unerwünschtes und Schmerzhaftes. Sie war wie ein Loch, scheinbar unüberwindbar und endlos tief.

Mich hatte diese Leere ergriffen. Ergriffen

im Herzen, in der Seele, ja im ganzen Körper. Mein Herz stand still, meine Seele war fort und mein Körper schwach. Leere überall, wohin ich sah. Leere an jedem Ort, wohin ich ging.

Für mich stand die Welt fast still, denn das Gefühl hatte mich fest im Griff, ich lebte Tag ein, Tag aus. Die Leere wurde mein Freund, ein Freund mit böser Absicht, denn er zog mich runter, immer weiter, immer tiefer. Ich fiel und fiel, tiefer und tiefer. Es nahm kein Ende.

Aber ich musste zuversichtlich in die Zukunft schauen und mir selbst eingestehen, dass ich der Antrieb war, um aus all den negativen Gedanken herauszukommen und von ihnen Abschied zu nehmen.

Ich klingelte an Davids Haustür und Farins Bellen erklang.

Er öffnete die Tür und trug einen dunklen Trainingsanzug und Badelatschen. Er sah überrascht aus, aber dies auf eine positive Art und Weise.

»Was kann ich für dich oder eher gesagt euch tun?«

»Ich wollte nur meine restlichen Sachen holen und Nico hilft mir beim Tragen.«

»Okay, kommt rein. Deinen Kram hab ich schon zusammengepackt. Er steht im Wohn-zimmer.«

Beim Reingehen sprang Farin mich freude-strahlend an und ich war froh, ihn zu sehen. Er fehlte mir wahnsinnig.

»Also, wenn du Bock hast, dann kannst du auch weiterhin mit Farin spazieren gehen. Ich hab da kein Problem mit.«

»Echt? Das würde ich total gern machen«, sagte ich und sah mir dabei die beiden Kisten im Wohnzimmer an.

Ich besaß nicht viel, hauptsächlich bestand der Inhalt der Kartons aus Klamotten und Büchern, materielle Dinge waren für mich nur Ballast.

»Wie geht es dir denn überhaupt?«, fragte

ich David.

Nico nahm derweil auf einem Stuhl am Küchentisch Platz.

»Na ja, es geht so weit. Aber ich sehe ja, dass es dir wohl auch gut geht.«

»Ja, mir geht es so weit auch ganz gut.«

»Das freut mich wirklich für dich, Luna. Jetzt muss ich euch auch leider rauswerfen. Ich muss gleich noch zu einem Termin.«

»Okay«, sagte ich und schnappte mir einen der Kartons, den anderen nahm Nico in die Hand und wir gingen wieder zurück in Richtung Hostel.

»Und wie war es für dich?«, fragte Nico.

»Ich hab mich schon merkwürdig gefühlt, aber es war richtig. Ich bin nicht traurig drum. Jetzt wäre ein Neuanfang angebracht.«

»Das ist die richtige Sichtweise. Was hast du denn heute noch so geplant?«

»Ach, eigentlich nichts Besonderes. Ich muss ab Mittwoch wieder arbeiten.«

»Ja, ich auch. Aber ich würde den Abend

gerne noch mit dir verbringen. Meine Mutter hat gefragt, ob ich zum Essen vorbeikomme. Hast du nicht Lust, mich zu begleiten?«

»Du willst mir jetzt schon deine Eltern vorstellen?« Ich lachte und Nico legte seinen Arm um mich.

»Na ja, du sollst mich einfach nur begleiten, aber ich hab ein gutes Gefühl mit uns beiden.«

Er zog mich näher an sich ran. Wir blickten uns tief in die Augen und er küsste mich. Dieses Gefühl, als unsere Lippen sich berührten, ließ sich nicht beschreiben, und ich zuckte überall an meinem Körper. Es fühlte sich so richtig an, als würden all die schlechten Momente der letzten Tage jetzt einen Sinn ergeben. Nico löste sich aus dem Kuss und nahm meine Hand.

»Dann schreibe ich jetzt meinen Eltern und wir machen uns auf den Weg, okay?«.

»Ja, das klingt gut. Wenn wir die Kisten ins Hostel gebracht haben, will ich aber noch schnell duschen.«

»Okay, dann kann ich mir im Supermarkt um die Ecke eben was zu trinken kaufen.«

Einige Minuten später kamen wir am Hostel an und verstauten meine Kartons in der Ecke des Zimmers. Ich schwang mich schnell unter die Dusche und Nico machte sich auf den Weg zum Supermarkt. Ich war mehr als glücklich, dass er mich endlich geküsst hatte, und freute mich, seine Familie kennenzulernen.

Ich beeilte mich, um Nico nicht lange warten zu lassen. Er schickte mir eine Nachricht, dass er im Auto wartete. Ich zog mir schnell meine Klamotten an und lief zu ihm.

Nico grinste mich von der Fahrerseite an und hielt mir ein Eis vor die Nase. »Ich dachte mir, dass du eine Abkühlung gebrauchen könntest.«

»Meinst du wirklich, dass ich bei sieben Grad Außentemperatur eine Abkühlung brauche?«

»Dann hast du auf jedem Fall einen kühlen Kopf, wenn du meine Mutter kennenlernst. Sie kann manchmal sehr besonders sein.«

»Inwiefern denn besonders?«, hakte ich nach und war ein wenig besorgt.

»Na ja, sie ist sehr anhänglich und immer ein wenig skeptisch, wenn ich jemanden mitbringe oder eine neue Freundin habe, aber mach dir keine Gedanken.«

»Jetzt mach ich mir erst recht Gedanken.«

»Ach, das brauchst du nicht. Sie wird dich bestimmt mögen.«

Wir aßen unser Eis genüsslich auf und machten uns auf den Weg nach Stade zu Nicos Eltern. Ich war ein wenig angespannt, aber freute mich auch, dass er mich schon als Teil seines Lebens ansah.

Kurz nachdem wir in Hamburg auf die Autobahn gefahren waren, fiel mir ein schwarzer Mercedes Benz C63S auf. Er war, seit wir am Hostel losgefahren waren, hinter uns, aber dabei hatte ich mir nichts gedacht. Erst als Nico begann, die Spur zu wechseln, tat er es ihm nach.

Zwei dunkel gekleidete Männer saßen im Auto, das war das Einzige, was ich durch den Seitenspiegel erkennen konnte. Das Auto hatte ein Hamburger Kennzeichen und sah recht neu aus, mir kam es aber nicht bekannt vor.

»Sagt dir das Auto hinter uns etwas? Ich hab so langsam das Gefühl, dass es uns verfolgt. Oder ich werde paranoid. Beides wäre möglich«, sagte Nico.

»Nein, aber es ist mir auch schon aufgefallen.«

In dem Moment klingelte mein Handy, es war Maya.

»Na, wie lief's bei David?«.

»Ganz gut so weit, aber eine Frage habe ich vorher noch. Kennst du das Kennzeichen HH-LY-2344?, ein schwarzer Mercedes Benz?«

»Kommt mir bekannt vor. Ein Kombi?«

»Ja, genau. Zwei Männer, so weit ich es erkennen kann, sitzen in dem Wagen.«

»Ich glaube, er stand öfter vor dem Wettbüro von Jonas. Wieso fragst du?«

»Ich glaube, sie verfolgen uns.«

»Aber wieso sollten sie ausgerechnet euch verfolgen?«

»Ich weiß es nicht.«

»Versucht, bei der nächsten Möglichkeit irgendwo runterzufahren oder abzubiegen, wenn sie dann noch hinter euch herfahren, kannst du dir sicher sein.«

»Du, Maya. Ich rufe dich gleich zurück. Wir fahren jetzt in den Elbtunnel und da ist der Empfang so schlecht.«

»Ja, alles klar«, sagte Maya und legte auf.

Das Auto war immer noch hinter uns und kam näher an uns heran. Kurz nachdem wir in den Tunnel einfuhren, wechselten sie die Spur und fuhren neben uns. Dann merkte ich nur, wie Nicos Corsa in die Tunnelwand geschleudert wurde.

Als die Airbags auslösten, schaute ich zu Nico rüber, der mit dem Kopf gegen die Seitenscheibe schlug, und verlor dann das Bewusstsein.

226

Epilog

Es ist unfassbar, dass die Liebe so etwas einzigartig Wundervolles ist. Es ist unfassbar, dass Menschen, die sich vorher nicht kannten, allein durch einen Blick in die Welt des anderen eintauchen. Es ist unfassbar, dieses Gefühl, jemanden schon ewig zu kennen, nicht nur in diesem, sondern bereits aus einem anderen Leben.

Dieses Gefühl, das Gefühl der Liebe, es ist eigentlich unbeschreiblich. Denn es ist für jeden einzigartig. Liebe ist bunt, Liebe ist grenzenlos, Liebe ist wahrhaftig. Liebe gibt, sie nimmt nicht. Liebe schätzt, sie verurteilt nicht. Liebe strahlt, sie verdunkelt nicht.

Liebe ist Liebe.

Doch was ist mit der Seele?

Ich kann sagen, dass diese Liebe eine andere Liebe ist. Anders als die Liebe zuvor. Anders als alle anderen. Diese Liebe liebt nicht nur, sie ist auf einer Ebene verbunden, verwoben, ja gar verzahnt, die auf voller Klarheit, Reinheit, Tiefgründigkeit beruht, weshalb sie über ein Maß hinausgeht, welches ich nicht für möglich gehalten hätte.

Diese Liebe ist eine Liebe für die Ewigkeit.

ENDE BAND 1

Danksagung:

Bevor ich euch jetzt mit meiner langen Danksagung nerve, möchte ich euch bitten, mir eine Bewertung bei Amazon und allen anderen Portalen zu hinterlassen. Damit würdet ihr mir einen großen Gefallen tun.

Dann möchte ich meinem Mann danken, dass er mich so unterstützt hat und in jeder Sekunde hinter mir stand. Ohne ihn wäre dieses Buch nie realisierbar gewesen.

Ein besonders großer Dank geht auch an meine beiden Testleserinnen Michelle und Mel. Danke, für all eure Unterstützung. Auch Sara möchte ich danken, die ein wenig später zum Team dazugekommen ist.

Ein großer Dank geht auch an meine wundervollen Blogger, die schon an das Buch geglaubt haben, ohne es zu lesen.

annisbuecherparadies

artigrey

diabooks78

coco_luma

mel_magician

m1ch0ns_buecherecke

minimalbooklife

niccis_buecherwelt

olivia.grove_

sasaray_reads

sherrosblog

x3books_weltenwanderer

nadine_bookloveandmore

haesslicherhase

alanas.buecher

magical_book_world

ellie.and.books

the.chocbookholics

woerter_zauber

booksta_gram_its_me

Auch ein großes Dankeschön an Nina Hirschlehner, durch dich wurde dieses Buch erst,
was es jetzt ist.

Und natürlich auch danke, dass du dieses
Buch liest. Es bedeutet mir die Welt und du
bringst mich ein großes Stück meinem Traum
näher.

Empfehlungen

Anschließend findet ihr noch einige Empfehlungen von lieben Kolleginnen. Ich würde mich freuen, wenn ihr dort vorbeischaut.

Nikita Nolan

SEX ED SAY THAT

NIKITA NOLAN

SEX ED
SAY THAT

KURZROMAN - NEW ADULT

Klappentext:

Marina möchte Gynäkologin werden, doch sie hat ein großes Problem: Sie kann nicht über Sexualität reden. Sämtliche Ratschläge ihrer Freundinnen konnten ihr nicht helfen, nur ihre Cousine hat eine letzte Idee. Andor, der studentische Hausmeister ihrer Schule, soll bereits vielen jungen Frauen bei ihren speziellen Problemen geholfen haben. Doch eigentlich hat er diese Aktivität an den Nagel gehängt. Wird er sich Marinas Sache dennoch annehmen und sie lehren, offen über Sex zu sprechen? Und wie wird er reagieren, falls er herausfindet, dass Marina seine »Nachhilfe« für eine ganz andere delikate Angelegenheit braucht?

Ana Juna

ICH WERDE DICH NIE VERGESSEN

Klappentext:

Ein furchtbares Geheimnis – vier Kurz-
geschichten. Mehrere Leben werden von
Grund auf verändert, als Ereignisse ans Licht
kommen, die längst vergessen geglaubt schienen.

Als Maik vor fünf Jahren nach Berlin zog, ließ
er seine Vergangenheit und ein schreckliches
Geheimnis zurück. Ein Geheimnis, das das
Leben vieler Menschen beeinflusst - auch
Jahre nach der Tat. Doch was passiert, wenn
dieses tatsächlich aufzufliegen droht? Wie
wird Maiks Ehefrau damit umgehen? Und
wer ist die junge Frau, die von den Ereig-
nissen aus der Vergangenheit beeinflusst
wird? Was hält das Schicksal für sie bereit?

Sophie W.K.

STIRB IM SCHATTEN DER SONNE

Klappentext:

Ich wünschte ich könnte behaupten, es war die Liebe mit der alles begann.Aber so war es nicht, nein.Es begann mit Hass und Finsternis,doch am Ende war es die Liebe, welche über mein Leben entschied.Entführt, angekettet, geschlagen und durchnässt,wie ein Tier in eine Höhle verbannt, wo es darauf wartet, zur Schlachtbank geführt zu werden.Die hasserfüllten Blicke des Henkers, die sich in die Haut brennen. Schmerzen von den Qualen, die er mir zufügte und die Angst, zu wissen, wie es endet.So sitze ich hier seit Tagen und was mich wirklich beschäftigt, ist nicht die Tatsache, dass mir dies gerade widerfährt, sondern die Fragen, wer er ist und wie er zu diesem Biest wurde.Kein Mensch- weder körperlich noch physisch.Nein, ein Monster mit dem Antlitz eines Gottes. Hässlichkeit schön verpackt. Nichts an ihm strahlt Emotionen aus, nur Zorn liegt in seinen Blicken. Und Trauer. Trauer darüber, wer er ist oder war?Was könnte er sein? Ein Vampir? Oder ein Werwolf? Nein! Er ist etwas anderes. Eins steht fest:Egal wie ich es drehen und wenden mag, er wird mich töten. Und ob ich es will oder nicht, ich bin dabei mein Herz zu verlieren.

Triggerwarnung:

Explizite Gewaltdarstellung
Toxisches Verhalten
Spielsucht
Trennung
Autounfall

Lightning Source UK Ltd.
Milton Keynes UK
UKHW011003111021
392015UK00002B/438